보라색 치마를 입은 여자

むらさきのスカートの女

보라색 치마를 입은 여자

이마무라 나쓰코 장편소설

홍은주 옮김

문학동네

우리 동네에 '보라색 치마'로 불리는 사람이 있다. 언제나 보라색 치마를 입고 다녀서 그렇게 불린다.

처음에는 보라색 치마가 청소년인 줄 알았다. 아담한 체형과 어깨까지 내려온 검은 머리 때문인지도 모른다. 멀리서는 중학생 정도로 보이기도 한다. 하지만 가까이서 잘 보면 결코 어린 나이가 아님을 알 수 있다. 뺨에 드문드문 기미가 나 있고, 어깨 길이의 검은 머리는 탄력이 없고 푸석푸석하다. 보라색 치마는 대개 일주일에 한 번꼴로 상점가 빵집에 크림빵을 사러 간다. 나는 늘 빵을 고르는 척하면서 보라색 치마를 관찰한다. 그럴 때마다 누군가를 닮았다고 생각한다. 누굴까.

우리 동네 공원에는 이른바 '보라색 치마 전용석'까지 있다. 남쪽에 늘어선 세 개의 벤치 중 제일 안쪽 자리다.

어느 날 보라색 치마는 빵집에서 크림빵을 하나 사서 상점가를 나와 공원으로 향했다. 오후 세시가 막 지난 시각. 공원의 종가시 나무 잎사귀가 '보라색 치마 전용석'에 그늘을 드리우고 있었다. 보라색 치마는 벤치 한가운데 자리잡고 막 사온 빵을 먹었다. 속에 든 크림이 흘러떨어지지 않게 왼손으로 받치고 있었다. 아몬드 슬라이스가 얹힌 부분은 잠시 바라보다가 입에 넣었고, 마지막 한입은 못내 아쉬운 듯 특히 뜸들여 씹었다.

그 모습을 보고 생각했다. 보라색 치마는 내 언니를 닮은 것 같다. 물론 완전히 다른 사람이라는 걸 안다. 얼굴이 전혀 닮지 않았으니까.

언니도 보라색 치마처럼 마지막 한입에 뜸을 들이는 타입이었다. 동생인 나한테 말싸움으로 질 정도로 순한 성격이었지만, 먹을 것에 대한 집착은 남달랐다. 푸딩을 제일 좋아했는데, 용기 바닥에 남은 캐러멜 소스를 숟가락으로 떠서 십 분 이십 분씩 마냥 바라보곤 했다. 한번은 안 먹을 거면 나 줘, 하고 옆에서 날름 먹어버렸다가 온 집안이 뒤집힐 만큼 큰 싸움으로 번졌다. 그때 언니가 할퀸 자국이 지금도 내 왼팔에 남아 있다. 아마 언니

6

의 오른손 엄지에도 그때 내가 깨물어서 생긴 잇자국이 남아 있을 것이다. 부모님의 이혼과 함께 가족이 뿔뿔이 흩어진 지 이십 년. 언니는 지금쯤 어디서 뭘 하고 있을까. 제일 좋아하는 음식이 푸딩이라는 것도 내 생각일 뿐, 지금은 바뀌었을지 모른다.

보라색 치마가 내 언니와 닮았다면 보라색 치마가 동생인 나와도 닮았다는 말이 될까, 되지 않을까. 공통점이 없지도 않다. 저쪽이 '보라색 치마'라면 이쪽은 이른바 '노란색 카디건'이라 할 수 있으니까.

아쉽게도 '보라색 치마'와 달리 '노란색 카디건'은 그 존재를 알아주는 사람이 없다.

'노란색 카디건'이 상점가를 돌아다녀도 누구 하나 신경쓰지 않지만, '보라색 치마'라면 얘기가 달라진다.

이를테면 아케이드상가 맞은편에 보라색 치마가 나타나기만 해도 반응을 보이는 사람들은 크게 네 부류로 나뉜다. 첫째, 모르는 척하는 사람. 둘째, 잽싸게 길을 비켜주는 사람. 셋째, 좋은 일이 생기려나보다, 하고 주먹을 불끈 쥐어 보이는 사람. 넷째, 반대로 못내 슬퍼하는 사람(보라색 치마를 하루에 두 번 보면 재수가 좋고, 세 번 보면 재수가 없다는 징크스가 있다).

놀라운 점은 주위 인간이 어떤 반응을 보이건 보라색 치마는 절대 걷는 페이스를 바꾸지 않는다는 것이다. 일정한 속도로 휙휙 인파를 빠져나간다. 신기하게도, 아무리 붐비는 주말 시간대에도 물건이나 사람과 부딪치는 일이 결코 없다. 운동신경이 어지간히 뛰어나든지, 아니면 이마에 눈이 하나 더 달려 있든지 둘 중 하나일 것이다. 사람들에게 들키지 않게 앞머리로 감쪽같이 감추고 있지만 실은 제삼의 눈으로 360도 빙 둘러보는 게 틀림없다. 어쨌건 노란색 카디건은 흉내도 못 낼 재주다.

그 재주가 하도 신통하다보니, 자기 쪽에서 일부러 부딪치려 드는 이상한 인간이 더러 나오는 것도 이해될 만하다. 실은 내가 그 이상한 인간 중 한 명 되시겠다. 누구나 그랬듯이 나도 실패했다. 올해 초봄이었던가, 아무렇지 않게 걷는 척하다가 몇 미터쯤 남겨놓고 갑자기 속도를 높여 보라색 치마를 향해 돌진했다.

바보 같은 짓이었다고 지금은 생각한다. 거의 일보 직전에 보라색 치마가 스륵 몸을 틀었고, 그 바람에 나는 기세 좋게 정육점 진열창을 들이받았다. 다행히 다친 데는 없었지만 가게에 거액의 수리비를 물어줘야 하는 신세가 되었다.

그로부터 반년 넘게 지나서, 얼마 전에야 간신히 수리비를 다 갚았다. 여기까지 오는 길이 수월하지는 않았다. 한 달에 한 번, 팔릴 법한 물건을 찾아내 초등학교 바자회에 잠입해서 푼돈벌이까지 했다. 당시에는 이게 다 무슨 꼴인가 매번 생각했다. 두 번 다시 바보짓 하지 말자. 애초에 보라색 치마와 일부러 부딪치는 데 성공한 예는 지금껏 한 건도 없다지 않은가. 이마에 눈이 하나 더 달려 있는 게 아니라면, 역시 탁월한 운동신경의 소유자가 틀림없다. 보라색 치마와 '운동'이라는 두 글자는 아무리 생각해도 어울리지 않지만. 그렇게 생각해보면 인파를 빠져나갈 때의 날렵한 움직임은 빙판 위를 자유로이 누비는 피겨스케이팅 선수와 통하는 구석이 있다. 그러고 보니 재작년 동계올림픽 동메달리스트와 분위기가 비슷한 것 같다. 파란색 의상을 입었던, 말투가 중년 아주머니 같은 선수다. 은퇴하고 방송인으로 전업하더니 작년에는 어린이 프로그램 사회자로 발탁됐다. 얼마 전 '어린이가 좋아하는 방송인 순위' 1위에 오른 여자. 나이는 보라색 치마가 훨씬 많지만, 지명도는 (이 일대만 따지면) 비슷하게 높다.

그렇다, 보라색 치마는 어른뿐 아니라 아이들 사이에서도 유명한 존재다. 이따금 방송국에서 상점가 취재를 나오는데, 리포터는 "오늘 저녁 반찬은 뭔가요?" "채소 값이 많이 뛰었죠?" 하며 주부에게만 마이크를 들이댈 게 아니라 때로는 노인이나 어린이에게 이렇게 물어봐줄 일이다.

"보라색 치마라고 아세요?"

거의 모두 "알아요!"라고 대답할 것이다.

요즘 아이들 사이에 유행하는 놀이 가운데 이런 게 있다. 가위바위보를 해서 진 사람이 보라색 치마를 '터치'하는 놀이다. 규칙은 단순한데, 하다보면 꽤 신이 난다. 놀이 장소는 동네 공원. 전용석에 앉아 있는 보라색 치마한테 가위바위보에서 진 아이가 조용히 다가가서 탁! 어깨를 터치한다. 그게 다다. 터치하고, 아이는 웃으면서 뛰어 도망간다. 그러기를 마냥 되풀이한다.

원래 이 놀이의 규칙은 터치가 아니라 보라색 치마에게 말 걸기였다. 가위바위보에서 진 사람이 전용석에 앉아 있는 보라색 치마에게 종종걸음으로 다가가 "안녕하세요!"라든가 "반가워요"라고 한마디하는 거다. 그것만으로 충분히 재미있는 모양이었다. 아이들은 보라색 치마에게 뭐라고 한마디 던지고, 꺅꺅 웃으면서 도망갔다.

규칙이 개정된 것은 비교적 최근이다. 개정 이유는 '질렸으니까'다. 말 거는 쪽이나 듣는 쪽이나. "잘 지내세요?" "날씨 좋네요" 등등, 아이들이 하는 말은 대개 거기서 거기였다. 기껏 쥐어짜냈다는 게 "하우 아 유?" 같은 진부한 인사말. 놀이가 시작됐을 즈음에는 늘 시선을 떨군 채 미동이 없던 보라색 치마도 차츰 하품하거나 손톱을 만지작거리며 쓸데없이 움직여 보이곤 했다.

따분한 듯 스웨터 보풀을 뜯는 모습은 늘 패턴이 뻔한 아이들을 도발하는 것처럼 보이기도 했다.

매너리즘을 타파하기 위해 아이들끼리 이마를 맞대고 궁리해낸 새 규칙이 이제 단골 놀이로 정착하는 중인데, 아직까지 질렸다는 소리는 나오지 않았다. 가위바위보를 하는 목소리도 우렁차다. 이긴 아이는 좋아서 폴짝폴짝 뛰고, 진 아이는 비명을 지른다. 아이들이 가위바위보를 하는 동안 보라색 치마는 전용석에 가만히 앉아 있다. 양손을 무릎에 올리고 눈을 내리깐 모습으로 보건대 아직 새로운 규칙에 익숙해지지 않았는지도 모른다. 어깨를 탁! 맞는 순간에는 항상 어떤 기분이 들까.

보라색 치마가 내 언니와 닮았다고 생각했지만, 역시 아니다. 전직 피겨스케이팅 선수인 방송인도 닮지 않았다. 보라색 치마는 내 초등학교 친구 메이를 닮았다. 긴 머리를 땋아서 빨간 고무줄로 묶고 다니던 여자애다. 메이의 아버지는 중국인이었다. 초등학교 졸업식을 앞둔 어느 날, 메이 가족은 아버지의 고향인 상하이로 돌아갔다. 보라색 치마가 벤치에 가만히 앉아 있는 모습은 메이가 수영 수업을 견학하던 모습과 닮았다. 우리가 수영하는 걸 보지는 않고, 등을 동그랗게 만 채 손톱만 만지작거리던

메이. 혹시 보라색 치마가 메이일까? 중국에 돌아간 뒤로 멀어졌는데, 설마 일본에 돌아와 있었나? 일부러, 나를 만나러?

그럴 리가. 친구라지만 딱히 그 정도로 친하지는 않았다. 같이 논 적도 한두 번 정도다. 다만 메이는 착했다. 내가 그린 개 그림을 칭찬해줬다. "꼬리를 잘 그렸어." 그 말에 어린 마음에도 몸 둘 바를 몰랐다. 메이야말로 그림을 잘 그렸으니까. 커서 화가가 되고 싶다고 했다. 그리고 됐다. 화추메이. 일본에서 자란 중국인 화가. 삼 년 전 여름 일본에서 개인전을 열었다. 신문을 보고 안 사실이었다. 더이상 머리를 땋은 소녀의 모습은 아니었지만, 자기 그림 앞에서 미소 짓는 여자는 분명 메이였다. 맞다, 옛날부터 쌍꺼풀이 또렷하고 인중에 사마귀가 있었다.

보라색 치마의 눈은 외꺼풀이다. 기미가 있지만 사마귀는 없다.

눈꺼풀만 보면 보라색 치마는 내 중학교 동창 아리시마를 닮았다고 할 수도 있다. 성격은 전혀 다른 것 같지만, 외꺼풀 하면 아리시마다. 아리시마는 무서웠다. 금발 염색, 절도, 공갈, 폭력. 언제나 소형 나이프를 가지고 다녔다. 내가 지금까지 만난 사람 가운데 가장 위험한 인물이라 할 수 있다. 부모님도 선생님도, 심지어 경찰도 감당하지 못했다. 그런 그애가 나한테 딱 한 번 껌을 준 것이 수수께끼다. 매실 껌이었다. 뒤에서 등을 콕 찌르고는 먹을

래? 하고 내밀기에 받았다. 그때 처음 아리시마의 눈을 마주봤다. 처진 눈썹에 외꺼풀. 한순간 그애인 줄 알아보지 못했다.

고마워, 라고 말했으면 좋았을 텐데 그러지 않았다. 독이 들었을 것 같아서 하굣길에 주류점 앞 쓰레기통에 버렸다.

독 따위 들어 있지 않았다. 그냥 씹었으면 좋았을걸. 그리고 이튿날 나도 사탕 한 알쯤 건넸으면 좋았을걸. 후회해도 늦었다. 중학교를 졸업한 아리시마는 조직폭력배와 사귀기 시작했다. 소문으로는 성매매 알선과 각성제 밀매에 손댔고, 본인도 갈 데까지 갔다고 했다. 분명 지금쯤 교도소 신세일 것이다. 사형당했을지도 모른다. 즉 보라색 치마는 아리시마가 아니라는 소리다.

그러고 보니 텔레비전 종합정보 프로그램의 패널 중에도 보라색 치마를 닮은 사람이 있다. 본업은 만화가이고, 귀신 나오는 명랑만화를 그린다. 최근에는 그림책도 냈는데 그쪽이 만화보다 평이 좋다고 직접 말한 적이 있다. 남편도 만화가였지 싶은데, 이름이 뭐였더라.

아니다, 생각났다. 이번에는 확실히 알았다. 보라색 치마는 전에 살던 동네 마트의 캐셔 여자를 닮았다. 몹시 피곤했던 날 거스름돈을 받으면서 휘청거렸더니 "괜찮아요?" 하고 느닷없이 말을 붙였던 사람. 다음날 갔더니 알은체하며 "또 오셨네요" 했던 사람. 덕분에 그 다음날부터 못 가게 됐다.

얼마 전, 옆 동네 도서관에 간 김에 추억의 마트를 바깥에서 살짝 들여다봤다. 그 사람은 변함없이 계산대에 서 있었다. 유니폼에 달린 배지가 하나 늘었고, 무척 활기차 보였다.

요컨대 무슨 말을 하고 싶은가 하면, 나는 꽤 오래전부터, 보라색 치마와 친구가 되고 싶다는 생각이 있다.

참고로 보라색 치마의 집은 벌써 옛날에 조사를 마쳤다. 공원 가까이에 있는 오래된 빌라. 물론 상점가에서도 가깝다. 지붕 일부가 비닐시트로 덮여 있고, 바깥계단 난간은 갈색으로 녹이 슬었다. 보라색 치마는 난간을 잡지 않고 늘 엉금엉금 계단을 올라간다. 맨 안쪽 집. 201호.

그 집에서, 보라색 치마는 일하러 다닌다. 상점가 사람들은 보라색 치마가 무직인 줄 알 것이다. 실은 나도 그렇게 생각했다. 분명히 백수일 거라고. 실제는 그렇지 않다. 보라색 치마는 일을 한다. 아니면 빵도 못 사고, 빌라 월세도 낼 수 없다.

다만 일 년 내내 일하는 건 아니다. 보라색 치마는 한동안 일했다가 말았다가 한다. 일터도 툭하면 바뀐다. 나사 공장일 때도 있고, 칫솔 공장일 때도 있고, 안약통 공장일 때도 있다. 짐작건

대 모두 일용직 아니면 단기 계약직이다. 한참 놀았다 싶으면 몇 달 연이어 일하기도 한다. 대충 어떤 식인지 지금까지 메모한 것을 살펴보면, 작년 9월은 일했다. 10월은 놀았다. 11월은 전반만 일했다. 12월도 전반만 일했다. 새해 들어서는 10일부터 일하기 시작했다. 2월, 일했다. 3월, 일했다. 4월, 놀았다. 5월은 황금연휴 빼고는 일했다. 6월, 일했다. 7월도 일했다. 8월은 후반만 일했다. 9월은 놀았다. 10월, 일했다가 놀았다가. 그리고 11월 현재, 아마도 놀고 있다.

보라색 치마는 일단 일을 시작하면 항상 아침부터 해 질 때까지 풀타임으로 근무한다. 일한 날은 한눈에 봐도 녹초가 되어 아무데도 들르지 않고 곧장 집으로 간다. 간혹 쉬는 날에는 일절 외출하지 않는다.

지금은 아침저녁 할 것 없이 공원이나 상점가에서 수시로 목격된다. 늘 관찰하는 건 아니지만, 내가 보는 한 보라색 치마는 쌩쌩하다. 쌩쌩함=일하지 않음의 증거라고 할 수 있다.

보라색 치마와 친구가 되고 싶다. 하지만 어떻게?

궁리하는 사이 점점 시간만 흘러간다.

느닷없이 말을 거는 건 이상하다. 아마 보라색 치마는 지금껏 한 번도 "저랑 친구 하실래요?" 같은 말을 들어본 적이 없을 것이다. 나도 없다. 대부분의 사람은 그런 경험이 없지 않을까. 그런 식의 만남은 부자연스럽다. 헌팅하는 것도 아니고.

그럼 어쩔 것이냐. 나는 우선 정식으로 자기소개를 하고 싶다. 그것도 자연스러운 방식으로. 같은 학교를 다니거나 같은 직장에 근무하는 사이라면 그럴 수 있지 않을까.

여느 때의 공원. 남쪽에 나란히 늘어선 벤치 세 개 가운데 출입구에서 제일 가까운 벤치에 나는 앉아 있다. 얼굴 앞에 펼쳐든 것은 어제자 신문이다. 아까 쓰레기통에서 주워왔다.

내가 앉아 있는 벤치 옆의 옆의 벤치가 보라색 치마 전용석이다. 벤치 위에는 편의점에서 무료로 배포하는 구인정보지가 놓여 있다. 보라색 치마는 약 십 분 전에 상점가 빵집에서 빵을 샀다. 지금까지의 행동 패턴으로 보아 빵을 산 날은 어김없이 이곳에 들른다. 신문 인생상담 코너 '삼십대 남성, 결혼 이 년차, 섹스리스인 아내와 이혼해야 하는지 고민중입니다……'를 다 읽었을 즈음 마침 이거다 싶은 발소리가 들렸다.

생각보다 빨리 왔다 싶어 신문 위로 얼굴을 조금 내밀어보니, 다가오는 것은 정장 차림의 남자였다. 보라색 치마가 아니었다. 잘 들어보니 발소리가 전혀 달랐다. 남자는 피곤한지 발을 천천히 끌면서 내 앞을 지나 제일 안쪽 벤치에 털썩 앉았다.

외근 나온 영업사원일까. 손에는 검은색 서류가방을 들고 있다. 상점가를 한 바퀴 돌고, 실적을 한 건도 올리지 못한 채 공원에서 잠시 쉬려는, 뭐 그런 상황일까. 이 공원에는 전부 다섯 개 (남쪽에 세 개, 북쪽에 두 개)의 벤치가 있는데, 자리 고르는 것만 봐도 이 동네가 초행이라는 걸 알 수 있다. 피곤하신데 죄송하지만, 다른 데로 가주셔야겠다.

사정을 설명하러 갔더니 남자는 순간 눈을 험악하게 치뜨고 내 얼굴을 노려보았다. 그래도 전용은 전용, 규칙은 규칙이니 어쩔 수 없다.

같은 소리를 몇 번 되풀이했더니 마침내 알아들었는지, 고약한 말을 내뱉기는 했지만 남자가 자리에서 일어났다. 바로 그때 공원으로 들어오는 그림자가 보였다. 이번에는 진짜다. 나는 황급히 내 벤치로 돌아와 얼굴 앞에 신문을 펼쳤다.

보라색 치마는 오른손에 빵 봉투만 들고 있었다. 방금 자리가 난 전용석에 앉더니, 봉투에서 막 사온 빵을 꺼냈다. 여느 때와 같은 크림빵이다. 텔레비전 취재에도 곧잘 등장한다. 빵집 봉투를 들고 가는 사람을 불러세우고 "뭐 사셨어요?" 하면서 리포터가 마이크를 들이댄다. 천연효모식빵과 크림빵이 특히 인기다.

나 역시 누가 물어보면 크림빵을 꼽을 거다. 특징은 살짝 꾸덕한 커스터드 크림과 얇은 껍질. 위에는 노릇하게 구운 아몬드 슬라이스가 듬뿍 얹혀 있다. 아몬드 부분은 입에 넣으면 파삭파삭 듣기 좋은 소리가 난다.

파삭파삭파삭파삭. 보라색 치마의 치마 위로 아몬드 가루가 떨어졌다. 왼손으로 받쳤는데도 손가락 사이로 홀홀 떨어진다. 보라색 치마는 알아차리지 못한다. 빵 먹을 때는 언제나 허공의 한 점을 응시한다. 집중한다는 증거다. 다 먹을 때까지 아무것도 보지 않고 듣지 않는다. 우물우물, 파삭파삭. 맛있다, 맛있다.

다 먹고 나서 빵 봉투를 동그랗게 뭉쳤을 때, 마침내 벤치 한 구석에 놓인 구인정보지에 눈길이 머물렀다. 보라색 치마는 그것을 천천히 집어들고 팔랑팔랑 넘겨보기 시작했다. 마지막까지 넘기자 처음으로 돌아가서, 이번에는 조금 느릿하게 넘겼다. 이번 호 특집은 '최상의 팀워크를 자랑하는 직장'이다. 초반에 대대적으로 분량을 할애한 그 부분은 건너뛰어도 상관없다. 특집 뒤에 나오는 요식업 및 의류 판매업도 확확 넘어가주길. 파랑, 빨강, 노랑, 초록. 직종별로 귀퉁이 색깔이 다르다. 맨 뒤의 '유흥' 부분은 분홍이다. 어째 분홍색 코너를 들여다보는 시간이 길다. 거기 말고, 하나 앞을 봐달라. 초록색 페이지다. '택배 분류작업' 오른쪽에 있는 작은 항목. 형광펜으로 동그라미를 쳐놨으니 바로 눈에 들어올 텐데.

……알아챘을까. 보라색 치마가 구인정보지를 덮고 돌돌 말더니 쓰레기통 쪽으로 갔다. 설마 버리려나 했는데, 다른 손에 옮겨들더니 빵 봉투만 버리고 공원을 나섰다.

보라색 치마가 나가고 얼마 후 하굣길 아이들이 나타났다.

어라? 없네…… 하면서 공원 안을 두리번두리번 돌아보고, 잠시 무료하게 그 자리에 서 있었다. 노란색 카디건을 입은 여자는 그들에게 쓸모없는 듯, 잠시 후 평소보다 기운 빠진 목소리로 가위바위보가 시작되었고 이날은 자기들끼리 술래잡기를 하면서 놀았다.

이튿날 보라색 치마가 면접을 보러 간 곳은 비누 공장이었다.

요컨대 알아주지 못했다는 얘기다.

지금까지의 패턴으로 보아 만일 면접에 붙으면 일터와 집만 오가는 나날이 시작되리라. 떨어지면 며칠 지나서도 변함없이 동네를 어슬렁거릴 것이다.

일주일이 지나고 이 주일이 지나도, 보라색 치마는 동네를 어슬렁거렸다. 떨어진 거다.

며칠 후 보라색 치마는 또 면접을 보러 갔다. 이번에는 고기만

두 공장이었다. 도무지 알아주지를 않는다. 요식업 면접에서는 당연히 손톱이나 머리의 청결상태를 보는데. 머리는 푸석푸석 산발이고 손톱 밑은 새까만 사람이 붙을 리 있나, 보나마나 떨어지겠거니 했는데, 아니나 다를까 떨어졌다.

고기만두 공장과 같은 날, 다른 면접도 봤다. 야간근무 재고조사 작업. 왜 그런 데를 갈까, 답답한 노릇이다. 야간근무 현장에는 남자 비율이 높다는 걸 왜 모를까. 순전히 내 억측이지만, 보라색 치마는 남자를 싫어하지 않나 싶다. 여자를 좋아한다는 의미가 아니라. 남자들 틈에 끼어 일하기는 필시 힘들지 않을까 했는데, 걱정할 필요 없이 여기도 떨어졌다.

이러고저러고 하는 사이 보라색 치마의 무직 기간이 결국 신기록을 수립했다. 무려 연속 두 달. 어디까지나 내가 기록을 시작한 뒤로 그렇다는 소리지만. 이쯤 되면 모아둔 돈도 바닥났을 터다. 월세와 공과금은 제대로 내고 있을까. 집주인이 독촉장을 들이밀거나, 소송을 걸겠다고 으름장 놓거나, 원래는 연대보증인이 필요 없는 집인데 뒤늦게 연대보증인을 세우라고 억지를 쓰는 건 아닐까. 그 지경까지 내몰렸다면 이미 손쓰기 늦었겠지만. 안면몰수하고 버티는 수밖에 없다. 최근 들어 월세를 마련하려는 노력을 아예 포기한 나처럼.

이것도 저것도 다 정육점 진열창에 충돌한 탓이다.

진열창 수리비를 갚는 데 분투하다보니 다달이 월세가 밀리는 사태에 봉착했다. 바자회 푼돈벌이를 조금씩이나마 이어갔지만 수입은 미미했다. 애초에 내 주머니 사정으로 월세와 수리비를 둘 다 대기란 불가능했다.

지불은 완전히 포기했지만 독촉의 손길에서 벗어나는 수단은 나날이 모색중이다. 집주인이나 재판소 사람이 언제 들이닥쳐도 상관없게끔 귀중품류는 미리 역의 코인로커에 옮겨두는 방안을 검토하고 있다. 긴급 피난처로 이용할 캡슐호텔이나 PC방도 대충 알아뒀고, 당분간 잠복할 만한 저렴한 숙박업소도 지역 안팎을 합쳐 열 군데 찾아뒀다. 여차하면 보라색 치마에게도 소개해줄 수 있지만, 지금으로서는 그럴 필요가 없어 보인다.

보라색 치마의 집 현관문에 협박성 문구가 적힌 종이가 붙어 있던 흔적은 없다. 집주인으로 보이는 사람이 지키고 서 있는 모습을 본 적도 없다. 밤이면 항상 불이 켜지고, 가스 미터기도 돌아간다. 월세나 공과금 지불에는 당분간 아무 문제가 없는 듯하다.

하지만 전화는 끊긴 모양이다. 언제부터인가 보라색 치마는 면접 때문에 전화를 걸 때면 편의점 앞 공중전화를 이용했다.

보라색 치마는 늘 전화만 쓰고 안으로 들어가진 않는다. 구인정보지가 새로 나올 때마다 편의점 잡지 코너에서 가져와 전용석에 놔두는 건 내 역할이다.

합병호가 아닌 한 구인정보지는 매주 발행된다. 표지가 바뀐다고 모집 내용도 새로워지느냐 하면 그렇지도 않다. 일 년 내내 일손이 부족한 직장은 일 년 내내 광고를 낸다. 면접 현장을 전부 따라간 건 아니지만, 그뒤에도 보라색 치마는 동시다발적으로 몇 군데에 면접을 보러 갔고, 번번이 떨어졌다. 골랐다는 직종이 전화 상담원이나 쇼핑몰 안내직원처럼 하나같이 번지수를 잘못 짚은 것이니 무리도 아니다. 끝내는 당최 무슨 심산인지 카페 종업원 면접까지 도전했다. 평소 공원 수돗물을 마시고 사는 인간이 카페라니. 가지가지 면접에 족족 떨어지다보니 급기야 정체성에 혼란이 온 거다. 당연하게도 전화 문의 단계에서 거절당했다.

웬걸, 보라색 치마가 보라색 치마를 받아줄 직장에 면접 신청 전화를 하기까지 무려 석 달이 걸렸다. 그사이 나는 도합 열 번이나 편의점에서 구인정보지를 가져다 날랐다.

이렇게까지 시간이 걸린 건 내 방식에 문제가 있었다는 뜻인지도 모른다. 형광펜으로 동그라미만 칠 게 아니라, 책장 끄트머리를 접어두거나 포스트잇을 붙여뒀더라면 일이 훨씬 빠르지 않았을까. 반성할 점이 몇 가지 있지만 어쨌거나 보라색 치마는 마침내 결단을 내려주었다. 작게 찢어낸 모집공고를 움켜쥐고 편의점 앞 공중전화로 향한 것은 어제 해 질 무렵이었다.

수화기를 쥐고 긴장한 얼굴로 네, 네, 하고 몇 번이나 고개를 끄덕였다. 네, 없는데요. 네, 처음인데요.

손등에 매직으로 뭐라고 메모했다. 8과 3 같은 숫자로 보였다. 8일 3시? 면접 일시인가.

수화기를 내려놓은 뒤에도 보라색 치마의 옆얼굴은 긴장한 기색이었다. 줄줄이 떨어지고 있는 중이니 그럴 만도 하다. 결론부터 말하자면, 이번에는 괜찮다. 반드시 붙을 거라 보장한다. 일 년 내내 일손 부족이라 일단 오는 사람은 마다하지 않는 곳이니까.

그렇다지만 만약을 위해 머리 정도는 감고 가는 게 좋을 것이다. 손톱도 깎고, 립스틱이 있다면 바르는 편이 좋다. 그것만으로도 첫인상이 확 달라지니까. 보라색 치마는 언제 봐도 머리가 부스스한데, 혹시 비누로 머리를 감나? 예전에 내가 아르바이트하던 샴푸 공장에서 공수한 샘플이 아직 한참 남아 있으니, 괜찮다면 그걸 써주면 좋겠는데.

정오를 넘긴 시각. 나는 샴푸 샘플을 몽땅 투명 비닐가방에 챙겨넣고 상점가 한복판에 섰다. 주로 이 부근에서 텔레비전 인터뷰가 이뤄진다. 동서로 뻗은 상점가와 교차하는 큰길이 각각 대형 마트와 파친코로 이어지기 때문에 유동인구가 제일 많은 자리이기도 하다. 가끔 전단지를 나눠주는 사람이 있지만 샘플 증정은 거의 없다. 지나가는 쇼핑객들은 내가 내미는 샴푸 샘플을 기꺼이 받아들었다. 개중에는 한 번 받아가놓고 또 받으러 오는 사람도 있었다. 나눠주는 보람은 있지만, 이래서야 정작 중요한 보라색 치마의 몫이 없어져버린다. 명백히 두번째, 세번째다 싶은 사람은 나도 단호히 증정을 거부했다.

샴푸 샘플이 다섯 개 남았을 때, 보라색 치마가 상점가에 나타났다.

내가 뭔가 나눠준다는 걸 알아차리고 관심 있는 듯 비닐가방의 내용물을 흘금거렸다. 하지만 다가오지는 않고 그대로 지나가려 했다.

쫓아가서 건네주려고 몸을 튼 순간 갑자기 왼팔을 붙들렸다.

"어디서 나왔소? 조합 허가는 받았나?"

나를 붙잡은 이는 다쓰미 주류점 주인이었다.

다쓰미 주류점은 상점가에서 가장 오래된 노포다. 주인은 상점가 진흥조합 조합장이기도 하다. 평소에는 서글서글하고 사람 좋은 주인이 정색하고 따졌다.

"이봐요, 뭘 나눠주는 거요? 좀 봅시다."

나는 주인의 손을 뿌리쳤다.

"앗. 이봐, 잠깐만."

달리기에는 통 소질이 없지만 이때만은 필사적으로 달렸다. 달리면서 보라색 치마를 앞질렀다. 상점가를 빠져나와 큰길로 나오고서도 다쓰미 주류점이 쫓아올까봐 몇 번이나 뒤돌아보면서 계속 달렸다. 몇 번을 뒤돌아봐도 주류점의 모습은 보이지 않았지만.

결국 밤에 보라색 치마가 사는 201호까지 가서 현관 문손잡이에 샘플을 담은 비닐가방을 걸어뒀다. 처음부터 이렇게 할 걸 그랬다. 문 너머에 귀를 기울이니 치카치카치카, 이 닦는 듯한 소리가 들려왔다. 이를 닦다니, 훌륭한 마음가짐이다. 그 기세로 내처 머리도 감아보기 바란다.

잘해봐, 보라색 치마. 면접 꼭 붙어야 해.

보라색 치마의 면접 결과가 밝혀진 것은 그로부터 나흘 후였다. 내 기원이 통했는지, 프레시플로럴향 샴푸의 효과를 봤는지, 아니면 역시 오는 사람 마다않는 직장이라서인지. 어쨌거나 여러 요소가 합쳐져서 보라색 치마는 무사히 합격했다. 여기까지 실로 긴 노정이었다. 가까스로 출발선에 선 셈이다.

출근 첫날. 보라색 치마는 아침 일곱시 반쯤 일찌감치 집을 나섰다. 나는 버스 정류장에서 기다렸다. 상점가 입구 정류장에서 버스를 타고, 직장에서 가까운 정류장에 내린다. 버스로 이동하는 시간은 약 사십 분. 보라색 치마가 사무실 문을 노크한 것은 여덟시 반이었다.

사무실에 들어가자마자 소장에게서 유니폼 한 벌과 사물함 열쇠를 건네받았다. 갈아입고 오라는 말에 보라색 치마는 사무실 옆 탈의실로 향했다.

유니폼은 검은색 원피스다. 질기고, 통기성 좋고, 때를 잘 타지 않는다(사실 검은색이라 때를 타도 티가 잘 나지 않는다). 폴리에스테르 소재라 세탁 후 바로 말라서 좋다. 정전기가 잘 이는 것이 단점이라면 단점이다.

여기에 어제 상점가에서 산 검은색 구두를 맞춰 신었다. 마찬가지로 상점가 백엔숍에서 산 스타킹은 발끝을 집어넣는 순간 직 소리를 내며 올이 나갔다. 보라색 치마는 스타킹을 벗어서 버리고, 맨발에 구두를 신었다. 마지막으로 흰색 앞치마를 둘렀다. 보라색 치마는 앞치마 끈을 잘못 묶었다. 끈이 등에서 엑스자가 되어야 하는데.

옷을 다 갈아입은 보라색 치마가 다시 사무실 문을 노크했다.

사무실에는 소장과 스태프 몇 명이 있었다.

　소장은 책상 앞에 앉아 컴퓨터 모니터를 들여다보고 있었다. 보라색 치마가 들어오자 모니터에서 시선을 거두고, 보라색 치마의 얼굴과 다리를 차례로 훑어보았다.

　보라색 치마가 스타킹을 신지 않은 사실은 알아차리지 못했는지 아무 말 하지 않았다. 앞치마 매는 법이 틀린 것만 지적했다.

　"쓰카다 씨, 쓰카다 씨."

　화이트보드 앞에 있던 쓰카다 치프를 손짓으로 부르더니 "새로 매주세요" 하며 보라색 치마를 가리켰다.

　네, 네. 쓰카다 치프가 들고 있던 명찰을 내려놓고 보라색 치마에게 다가갔다.

　"오늘부터 출근?"

　그렇게 말하면서 쓰카다 치프가 보라색 치마의 양어깨에 손을 탁 내려놓았다. 아이들 말고 누군가가 보라색 치마의 몸에 손대는 모습은 처음 봤다.

　"네." 보라색 치마가 기어들어가는 목소리로 대답했다.

　쓰카다 치프가 보라색 치마를 휙 돌려세웠다. 나비매듭으로 묶인 끈을 풀고, 허리 양옆에 달린 단추를 끄르고, 거칠다고도 할 수 있는 손길로 끈을 등뒤에서 엑스자로 질끈 묶었다.

"아이고, 가늘어라! 아침은 먹고 왔어?"

쓰카다 치프가 물었다. 보라색 치마는 이번에도 작은 소리로 "네" 하고 대답했다. 정말일까. 뭘 먹고 왔을까.

"뭐 먹고 왔는데?"

쓰카다 치프가 물었다.

콘플레이크요, 보라색 치마가 대답했다.

"콘플레이크으? 그런 걸로는 힘 못 써. 아침에는 밥을 먹어야지, 밥을. 그치?"

쓰카다 치프가 어깨를 두드리자 보라색 치마는 이번에도 작은 소리로 "네"라고 말했다. 그와 동시에 후후 웃음을 흘렸다.

순간 잘못 들었나 했지만 분명 보라색 치마의 목소리였다. 놀랍게도 보라색 치마가 장단 맞춰 웃어준 것이다.

아홉시. 미팅이 시작됐다. 이날은 첫번째 월요일이라 호텔측 매니저도 참석했다. 아침 인사 뒤에 매니저는 '지난달에 이어 이달도 비품 관리를 철저히 해달라'는 한마디만 남기고 사라졌다.

'하청업체 업무에 간섭하지 않는다'는 것이 이 매니저의 원칙이다. 그러므로 미팅에는 한 달에 한 번만 얼굴을 내밀고, 스태프 이름도 기억 못한다. 비품 관리 소홀을 지적하기 시작한 것도 최근 일이고, 지금껏 관리표 한번 훑어보지 않았다. 여간해서는 현장에 나타나지 않으면서 항상 거만하게 구는 탓에 스태프 사이에서 평판이 좋지 않다.

매니저가 금세 퇴장하자 소장이 앞으로 나와 오늘의 객실 가동률과 이달의 슬로건을 읽어내려갔다. 사무실 공간이 모든 스태프를 수용하지 못하는 탓에 미팅은 사무실과 호텔을 잇는 복도를 점령한 채 진행된다.

아쉽게도 내가 서 있는 위치에서는 보라색 치마의 모습이 보이지 않았다. 사람 수가 많아서라기보다 소장의 펑퍼짐한 체형 탓이다. 보라색 치마는 소장 뒤에 완벽히 가려져 있었다.

이어서 소장이 전날의 실수사항을 읽어내려갔다.

"215호실 거울 안 닦음, 308호실 전기포트 온수 안 채움, 502호실 화장실 휴지 삼각 접기 안 함. 누누이 말하잖아요. 객실 나오기 전에, 반드시 정해진 동선을 따라 손가락으로 확인하시라고. 그렇게만 해도 대부분의 실수를 방지할 수 있습니다."

다들 성실한 표정으로 소장의 이야기를 듣고 있다. 아니면 듣는 척하거나.

"그럼 마지막으로, 오늘부터 여러분과 같이 일할 분을 소개하겠습니다."

그러고는 소장이 뒤를 돌아보았다.

"자, 자기소개 하세요."

간신히 보라색 치마의 얼굴이 절반쯤 보였다. 누가 주의를 주었는지, 보라색 치마는 그새 어깨까지 내려오는 머리를 뒤로 한데 묶은 채였다. 달걀형 얼굴선이 드러나 한결 깔끔했다.

"자, 자기소개."

소장이 보라색 치마에게 한 발 앞으로 나오라고 재촉했다. 보라색 치마는 시키는 대로 움직였다. 하지만 그 자리에서 딱 굳어버렸다.

"……저기, 음, 자기소개 하라니까."

소장이 난처한 얼굴로 보라색 치마에게 속삭였다.

"이름만 말해도 돼요. 응? 있을 거 아니에요, 이름."

그 말을 들은 스태프들이 쿡쿡 웃었다.

……히노입니다……

마침내 쥐어짜는 것처럼 보라색 치마가 성을 밝혔다.

"이름은?" 소장이 말했다.

……마유코입니다……

―뭐라고 한 거야?

―글쎄.

스태프들이 짐짓 들으란 듯 그런 말을 주고받았다.

―자기는 들렸어?

―아니. 그쪽은?

―여기도 전혀 안 들렸어.

"미안한데요오, 안 들렸는데 다시 한번 부탁해요오."

사실은 들렸다. 히노입니다, 마유코입니다, 라고 그녀는 확실히 말했다. 일명 보라색 치마라고 합니다, 라고. 노란색 카디건의 귀에는 똑똑히 들렸다.

"미안한데요오, 한번 더."

"히노 마유코입니다아!"

본인 대신 소장이 목소리를 높였다.

"여러분 잘 부탁드립니다아!"

소장 노릇도 퍽 힘들겠구나 싶다. 스태프 통솔하랴, 호텔측과 교섭하랴, 일지며 보고서 작성하랴, 일손 부족할 땐 직접 현장에 들어가랴, 근무 교대표 작성하랴. 교대표가 나오면 나오는 대로 누군가가 불평하기 마련이고, 늘 본사와 호텔 사이에 끼인 신세이거니와, 덤으로 집에선 무서운 부인한테 꽉 쥐여산다는 소문이다.

몸집이 나날이 붇는 것도 스트레스 탓인지 모른다. 요즘 본사에서 매일같이 들려오는 말이 '이 이상 퇴직자가 나오지 않게 할 것'이다.

아침 미팅에서 자기소개를 마친 보라색 치마에게 소장은 '발성연습을 할 테니 점심시간에 사무실로 오라'고 했다. 보라색 치마는 불안한 표정으로 고개를 끄덕였는데, 첫날 발성연습에 불려가는 일은 이 직장에서 드문 일이 아니다. 연습장은 매번 똑같다. 밖에 있는 쓰레기장이다.

수거업자가 다녀가기 전의 쓰레기장에는 소장과 보라색 치마 말고는 아무도 없었다.

"거기 서서, 소리 크게 내봐요."

소장은 보라색 치마를 재활용 쓰레기통 옆에 세우고, 자신은 일반 쓰레기통 옆에 섰다. 그렇게 마주본 상태로 우선 소리 내는 연습부터 시작했다.

처음에는 보라색 치마의 목소리가 전혀 들리지 않았다.

"아, 에, 이, 우, 에, 오, 아, 오, 좋은 아침입니다!"

소장의 목소리만 쓰레기장에 울려퍼졌다.

"다, 테, 치, 쓰, 테, 토, 다, 토, 감사합니다!"

소장이 학창 시절 연극부였다는 얘기는 유명하다. 듣자 하니 한때는 진지하게 배우가 되려고 했다나. 여자 배우와 사귀어보고 싶다는 불순한 동기가 깔려 있었던 탓인지 이 년을 못 채우고 깨끗하게 단념했다는 후문이다. 그래도 경험이 있는 만큼 일반인과는 발성법이 다르다는 느낌이다. 배에서 나온다고 할까.

"나, 네, 니, 누, 네, 노, 나, 노, 수고하셨습니다!"

소장의 정성이 통했는지, 맞은편에 선 보라색 치마에게서도 점차 낭랑한 목소리가 나오기 시작했다.

"감사합니다!"

"감사합니다."

"다녀오십시오!"

"다녀오십시오."

"좋아요. 그렇게! 다녀오십시오!"

"다녀오십시오!"

"수고하십니다!"

"수고하십니다!"

"그거야!"

객실이나 복도에서 숙박객과 마주쳤을 때 하는 인사, 스태프끼리 하는 인사, 소장이 보라색 치마에게 가르치려는 것은 이 두 가지였다. 어른이면 이 정도는 당연히 할 줄 알아야 하거늘, 그게 안 되는 사람이 많은 탓에 이 직장은 일 년 내내 일손 부족이다. 인사할 줄 모르는 신입을 선배 스태프들이 괴롭혀서 그만두게 만들어버리는 것이다. 따지고 보자면 당연히 괴롭히는 쪽이 나쁘지만, 나이깨나 먹고 "좋은 아침입니다" 한마디 못하는 인간도 좀 그렇다. 나도 절대 남 말 할 입장은 아니지만.

"좋았어. 이번에는 더 크게, 감사합니다!"

"감사합니다!"

"한번 더. 감사합니다!"

"감사합니다."

"저쪽, 흡연 장소에 있는 사람한테 들리게! 감사합니다!"

"감사합니다!"

"어이! 거기요! 으음, 누구지, 얼굴이 잘 안 보이는데, 우리 유니폼을 입은, 그래, 그래, 거기! 들리면 손 흔들어줘요! 감사합니다!"

"감사합니다!"

나는 손을 휙휙 흔들었다.

"들렸나보네. 좋아, 합격!"

소장의 특훈 덕에 그날 오후에는 선배 스태프들이 보라색 치마를 보는 눈이 달라졌다. 아침의 자기소개가 준 인상이 어지간히 안 좋았던지, 엘리베이터에 같이 탄 보라색 치마가 그저 "수고하십니다" 하고 머리를 숙였을 뿐인데 모두 놀란 표정을 지었다.

　—뭐야, 멀쩡하게 말 잘하네.

　—생각보다 야무져 보이는데.

　그 반응을 보고 나도 한시름 놓았다. 이로써 보라색 치마가 인사 못한다는 이유로 시달릴 걱정은 사라졌다. 선배 스태프뿐 아니라 쓰카다 치프나 하마모토 치프 등 치프진 중에도 인사가 안 되는 신입에게는 절대 일을 가르치지 않는다고 공언하는 사람이 있다. 도구 이름 하나 얻어듣지 못한 채 그만둔 신입을 지금껏 몇 명이나 봐왔던가.

　인사를 익힌 보라색 치마는 그날 오후부터 바로 실전에 투입되었다.

　쓰카다 치프가 준비실에서 도구 사용법을 설명한 다음, 작업 순서가 적힌 프린트물을 건넸다. 도구 이름을 적어넣으라고 지시했지만 보라색 치마에게는 하필 볼펜이 없었다.

　"안 가져왔어?"

　쓰카다 치프가 말했다. "볼펜 같은 건 알아서 준비해와야지."

　"죄송합니다."

　보라색 치마가 고개를 숙였다.

"수첩은? 있어?"

보라색 치마가 고개를 가로젓자 쓰카다 치프가 업무용 가방에서 새 수첩을 한 권 꺼냈다.

"이거 써."

"그래도 돼요?"

"응, 아직 많아. 다섯 권에 290엔이었거든."

"감사합니다!"

여기서도 특훈이 즉각적인 성과를 보였다.

쓰카다 치프는 볼펜을 건네면서 "이 일은 말이지, 결국 다 똑같은 반복이야"라고 말했다. "시키는 대로 움직이다보면 몸이 알아서 기억해. 어려울 일은 하나도 없어."

"네."

보라색 치마가 막 받은 수첩을 펼치고 '결국 다 똑같은 반복'이라고 적었다.

"어머, 뭐야, 그런 것까지 메모 안 해도 돼."

메모장을 들여다본 쓰카다 치프가 보라색 치마의 어깨를 찰싹 때리고 까르르 웃었다.

보라색 치마가 배속된 플로어는 이름하여 '트레이닝 플로어'다. 이 플로어에는 전속 트레이너인 쓰카다 치프 말고도 항상 세 명의 치프가 교대로 지원을 나오고, 그외에 입사 일 년 미만의 스태프가 열 명쯤 있다. 쓰카다 치프가 트레이닝 수료 인증을 해줄 때까지는 여기서 청소 순서를 엄격하게 확인받는다.

신입이 잘하고 있는지, 소장도 '트레이닝 플로어'에 한번 상황을 보러 왔다. 보라색 치마는 마침 다른 치프와 함께 세제를 채우러 가고 없었다.

쓰카다 치프가 소장에게 "쟤 괜찮을 것 같아요"라고 보고했다.

"말은 해?" 소장이 물었다.

"네, 대답도 잘해요."

"그래? 다행이네." 소장이 흡족한 듯이 고개를 끄덕였다. "발성연습을 한 보람이 있구만."

"사람이 차분하고, 처음엔 좀 애매했는데 일단 가르치는 대로 잘 따라와요. 성실하고. 굼떠 보이는데 은근히 움직임이 빨라요."

"호오."

"뭐 운동이라도 했느냐고 물었더니 중고등학교 육 년 동안 육상부였다지 뭐예요."

"정말?"

"단거리 전문이래요. 사람은 겉만 봐선 모른다니까요. 아휴, 잘됐어. 오랜만에 쓸 만한 애가 들어왔어요."

보라색 치마는 정말로 운동신경이 좋은 모양이다. 그래도 설마 육상부였을 줄이야. 그것도 육 년이나.

거기다 '성실함' '쓸 만함'이라는 평가까지. 이건 좀 놀랐다. 지금껏 면접에서 줄줄이 떨어졌던 건 결국 겉모습 탓이었다는 소리인가. 입에 발린 말로도 깔끔하다고는 할 수 없던 외모조차, 다른 사람들과 똑같은 유니폼을 입고 머리를 뒤로 묶기만 해도 쓰카다 치프 말마따나 '성실'해 보인다니 신기한 노릇이다. 실은 아침부터 보라색 치마가 지나갈 때마다 프레시플로럴향이 퍼졌다. 내가 문고리에 걸어뒀던 샘플 샴푸의 향이다. 어떤 종류의 향은 사람의 감정에 좋은 영향을 준다는 얘기를 들은 적 있는데, 정말 그렇지 뭔가.

첫날 일을 마치고, 보라색 치마는 쓰카다 치프에게서 사과를 한 알 받았다. 알이 굵은 빨간 사과였다.

"호쿠토라는 품종이야. 이거, 돈 주고 사면 비싸."

쓰카다 치프는 '쉿' 하며 손가락을 입술에 댔다.

보라색 치마가 양손으로 사과를 받아들고 "주셔도 괜찮아요?" 하고 물었다.

"괜찮아, 괜찮아."

"그래도, 이거……"

"괜찮대도. 다들 이래. 나도 봐."

쓰카다 치프가 자기 가슴께를 가리켰다. 부자연스러울 만큼 크고 동그랗게 튀어나온 두 개의 가슴. 자세히 보면 오른쪽과 왼쪽의 모양이 다르다. 오른쪽이 사과고, 좀더 작은 왼쪽이 오렌지다. 쓰카다 치프는 앞치마 주머니에 손을 넣더니 바나나를 슬쩍 꺼내 보였다.

보라색 치마가 후후 웃었다. 장단 맞춰주는 웃음이다.

"그러게, 어차피 버릴 건데 아깝잖아. 안 그래, 하마모토 치프, 다치바나 치프?"

"응, 응." 지원 나와 있던 두 치프도 고개를 끄덕였다.

"쓰카다 치프 말이 맞아."

"멀쩡히 먹을 수 있는 걸 버리면 벌받지. 주부로서 그냥 넘길 수 없어."

하마모토 치프는 오린*과 오렌지를, 다치바나 치프는 오렌지와 바나나를 각자 가방에서 꺼내 보라색 치마에게 보여줬다. 전부 호텔측이 숙박객을 위해 준비했다가 남은 것들이다.

"누가 물어보면 알아서 버렸습니다, 하면 돼."

---

* 사과 품종의 하나.

"그래, 그래."

"소장한텐 비밀이야."

쓰카다 치프가 다시 한번 보라색 치마를 향해 '쉿' 시늉을 하면서 말했다.

"걱정할 거 없어. 이 사람은 손님이 남긴 샴페인을 자기 텀블러에 몰래 옮겨담고 다니는데, 지금껏 한 번도 안 걸렸다니까."

하마모토 치프가 다치바나 치프를 가리키면서 말했다.

"정말요?"

보라색 치마가 놀란 표정을 지었다.

"뭐야아. 당연히 농담이지."

다치바나 치프가 웃으면서 손사래 쳤다.

"정말이거든. 이 사람이 항상 갖고 다니는 하늘색 보온병, 안에는 샴페인이야. 다음에 유심히 봐봐. 한 모금 마실 때마다 크으 소리가 나오니까."

"거짓말이야, 그만해."

"푸훗, 아하하하."

이번에는 장단 맞추는 웃음이 아니었다. 보라색 치마가 소리 내어 웃는 모습은 처음 봤다.

"자기, 괜찮으면 이 오렌지도 가져갈래?"

쓰카다 치프가 원피스 주머니에 감춰뒀던 오렌지를 보라색 치마에게 내밀었다.

"제가 받아가도 괜찮을까요……?"

"괜찮대도! 우린 하나씩 있으니까."

"그래도……"

보라색 치마는 어째서인지 오렌지를 받아들길 주저했다. 시선이 향한 곳을 확인하려는 듯 쓰카다 치프가 뒤돌아보았다.

"……아아. 괜찮아, 괜찮아, 이 사람은 과일 싫어하니까."

"그래요?"

"그렇대도. 그렇지, 곤도 치프?"

"그럼…… 그렇게 말씀하시니, 제가 받겠습니다."

보라색 치마가 꾸벅 고개를 숙였다.

쓰카다 치프에게 얻은 사과와 오렌지를 유니폼 원피스 배 쪽에 숨기고 보라색 치마는 탈의실로 돌아갔다. 몸을 구부정히 숙인 채 "수고하십니다" 하면서 걷는 보라색 치마는 어디로 보나 겸허한 신입의 자세였다. 스쳐가는 선배 스태프들은 아침 미팅 때 보라색 치마를 비웃었던 일 따위 말끔히 잊고 "첫날 고생 많았어!" "내일도 열심히 해" 하며 훈훈한 인사를 건넸다.

근무 이틀째. 이날 보라색 치마는 전날보다 한 대 늦은 버스를 탔다. 여덟시 이분 버스다. 평일에는 종일 이십 분 간격으로 버스가 온다. 이것보다 한 대 빠르면 아침 미팅까지 애매하게 시간이 남고, 한 대 늦으면 지각이다. 보라색 치마가 타임카드를 찍은 것은 여덟시 오십이분이었다.

사무실에 들어가면서도, 탈의실 문을 열면서도 보라색 치마는 "좋은 아침입니다"라고 낭랑한 소리로 인사했다. 소장과 스태프들은 보라색 치마 쪽을 돌아보고 좋은 아침, 하고 대답했다. 소장은 특훈의 성과를 눈앞에서 확인해서 흐뭇한지 만족스레 웃고 있었다.

근육통 오지 않았어? 하고 물어보는 스태프도 있었다. "네, 괜찮습니다"라고 보라색 치마는 대답했다. 사실은 어깨, 팔, 허리, 다리 할 것 없이 전신 근육통이다. 아침에 버스 기다리는 동안 미간을 찡그리며 우둑우둑 목을 꺾는 걸 봤다.

겨우 이틀째인데 보라색 치마는 재빨리 옷을 갈아입었다. 어제는 제법 꿈지럭거리더니, 이미 요령을 익힌 눈치다. 스타킹은 집에서 신고 온 모양이다. 앞치마 끈도 엉키지 않고 깔끔하게 엑스자로 묶여 있었다.

사물함 안쪽에 붙은 거울을 보면서 보라색 치마는 머리를 묶었다. 손에 든 빗에는 호텔 로고가 새겨져 있다. 어제 "여기서 필요한 건 맘대로 가져가서 써도 돼"라는 쓰카다 치프의 말에 빗과 면봉을 골라잡았다. 보라색 치마가 빗질할 때마다 프레시플로럴 향이 가볍게 퍼졌다.

탈의실을 나오기 전, 보라색 치마는 간단한 스트레칭을 했다. 작게 신음하면서 무릎을 굽혔다 폈다 하고 어깨를 돌리는 모습이 몹시 힘들어 보였다. 이 정도로 근육통이 심한 건 익숙하지 않은 일 탓이 아니다. 실은 어제, 보라색 치마는 일을 마치고 족히 구십 분은 전력질주로 뛰어다녔다.

어제 객실 가동률은 50퍼센트가 되지 않았다. 오후 세시 반에 타임카드를 찍은 보라색 치마는 세시 오십삼분 버스를 타고, 네시 반이 지나서 동네에 도착했다. 예전의 보라색 치마 같으면 퇴근길에 아무데도 들르지 않고 집으로 직행했으리라. 그런데 어제는 매우 예외적으로 공원에 훌쩍 들른 것이다.

공원에 들어선 보라색 치마는 여느 때처럼 전용석에 앉았다. 무릎에 놓인 가방에 손을 넣어 새빨간 사과를 꺼냈다. 퇴근하면서 쓰카다 치프한테 받은 호쿠토였다. 그것을 얼굴 앞으로 가져가더니 입을 앙 벌리고 아삭 깨물었다.

아삭아삭아삭, 연속으로 세 입이나. 네 입째 먹으려 할 때 "아,

있다!" 하고 아이가 외치는 소리가 공원 밖에서 들렸다.

"사과 먹는다!"

아이들이 보라색 치마를 가리키며 웃었다. 웃으면서 입구의 철제 울타리를 퐁퐁 넘어 들어왔다. 아이들은 벤치에서 조금 떨어진 곳에 둥글게 둘러서더니, 기운차게 가위바위보를 시작했다. 세 번 비기고, 네번째에 가위를 낸 아이가 졌다. 진 아이는 망했다 하며 억울한 듯이 소리쳤지만, 으레 그렇듯 은근히 신난 것처럼 보이기도 했다. 남자아이는 종종걸음으로 보라색 치마가 앉아 있는 벤치에 다가가, 마지막 순간 팔을 높이 치켜들었다.

철썩, 하고 어깨를 맞는 동시에 보라색 치마가 들고 있던 사과가 툭 떨어졌다.

"앗."

남자아이의 얼굴이 창백해졌다. 그렇게 기세 좋게 내려치면 어떻게 될지 알 법하건만. 남자아이뿐 아니라 다른 아이들도 예상 못한 전개인지 망연한 표정으로 땅바닥을 데굴데굴 굴러가는 사과를 바라보고만 있었다.

사과는 쓰레기통 근처까지 굴러가서 겨우 멈췄다. 어깨를 때린 장본인은 그제야 퍼뜩 정신이 든 얼굴로 사과를 향해 달려갔다. 흙이 묻은 사과를 주워서, 몹시 미안한 얼굴로 보라색 치마에게 돌아왔다.

"죄송합니다."

남자아이가 머뭇머뭇 사과를 내밀었다.

그러자 보고 있던 다른 아이들도 하나둘 다가와 보라색 치마에게 머리를 숙였다. 죄송합니다! 미안했습니다! 정말 죄송합니다! 죄송합니다! 죄송합니다! 죄송합니다!

아이들이 빠르게 잇따라 고개를 숙이는 광경을 보고 있자니 꽤 묘한 것이, 혹시 새로운 놀이라도 시작했나 싶었다.

하지만 그렇지 않았다. 아이들은 진심으로 사과하고 있었다. 어깨를 때린 장본인은 눈물까지 글썽거렸다.

보라색 치마는 작게 손을 젓더니 말했다.

"괜찮아."

괜찮아. 그런 말을 하는 사람인 줄은 몰랐다. 아이들도 사뭇 당황한 눈치였다.

―말했어.

―말했네.

서로 마주보고, 쭈뼛쭈뼛 보라색 치마의 눈치를 살폈다.

"씻어올게요!"

남자아이가 식수대로 달려갔다. 다른 아이들도 뒤를 따랐다.

"됐어, 괜찮다니까."

보라색 치마도 벤치에서 일어나 아이들을 따라나섰다.

사과 한 알을 다 함께 번갈아가며 정성껏 씻었다. 다 씻은 사
과가 마지막으로 보라색 치마의 손에 건네졌다. 다시 줄줄이 벤
치로 돌아와서는, 우선 보라색 치마가 사과를 한입 베어물었다.

"맛있다."

보라색 치마가 말하고는 옆에 있던 남자아이에게 사과를 건
넸다.

조금 전 보라색 치마의 어깨를 때린 남자아이가 사과를 받아
한입 베어물더니 "맛있다"라고 말했다. 그러고는 오른쪽에 있는
여자아이에게 사과를 건넸다. 여자아이도 마찬가지로 한입 베어
먹고, 역시 오른쪽에 있던 여자아이에게 건넸다.

맛있어, 달다, 맛좋다, 맛있네. 사과는 보라색 치마를 중심에
두고 반시계 방향으로 빙 건너갔다. 남자아이가 베어 먹은 곳을
여자아이가 베어 먹고, 여자아이가 베어 먹은 곳을 여자아이가
베어 먹고, 여자아이가 베어 먹은 곳을 남자아이가 베어 먹고,
남자아이가 베어 먹은 곳을 남자아이가 베어 먹고, 남자아이가
베어 먹은 곳을 보라색 치마가 베어 먹고, 두 바퀴 돌자 사과는
심만 남았다.

사과를 다 먹은 보라색 치마와 아이들은 그뒤에 같이 술래잡기를 하면서 놀았다. 보라색 치마가 가위바위보에 낀 건 이때가 처음이었다. 술래잡기는 날이 완전히 캄캄해질 때까지 계속됐고, 그사이 모두에게 한 번씩 술래가 돌아갔다.

보라색 치마는 제일 마지막에 술래가 되었다.

아이들은 흡사 생쥐처럼 종횡무진 움직였다. 육상부 출신인 보라색 치마조차 아이들의 예측 불가능한 움직임에 애를 먹었다. 처음에는 잡아먹을 듯이 열심히 쫓아다녔지만, 중간에 어째서인지 갑자기 달리기를 멈췄다.

뛰어다니는 아이들을 내버려두고, 술래인 보라색 치마는 화단을 구경하다가 시계를 올려다보다가 하면서 느릿느릿, 꼭 산책하는 것처럼 공원을 걷기 시작했다. 뭔가 이상하다는 걸 눈치챈 아이들이 걱정스러운 표정으로 보라색 치마에게 다가왔다. 나도 대체 무슨 일인가 싶었다.

"왜 그래요?"

남자아이가 얼굴을 올려다보았다.

"화났어요?"

보라색 치마가 하아, 한숨을 내뱉고 "피곤하다"라고 말했다.

"피곤해요?"

"괜찮아요?"

"좀 쉴래요?"

그때였다. 보라색 치마가 바로 앞에 있던 남자아이의 양어깨에 손을 탁 올리고, 만면에 웃음을 지으며 외쳤다.

"자압았다아."

우와아아아, 당했다, 비명이 들린 후에 웃음과 박수가 터졌다. 나이스! 잘했어! 아이들의 손바닥이 보라색 치마의 어깨와 등을 연신 두드렸다. 그때마다 풀풀 피어오른 먼지가 밤바람에 실려 공원 입구 쪽 벤치까지 날아왔다.

몇 분 후, 인적 없는 공원에 오렌지가 하나 굴러다니고 있었다. 나는 전용석 밑에 떨어진 그것을 주워 그 자리에서 껍질째 베어물었다. 덥석, 덥석. 아까 그 사과처럼. 첫입은 과육까지 닿지 않았지만, 점차 새콤달콤한 과즙이 입안에 퍼지기 시작했다.

나는 정신없이 먹었다. 구경만 했을 뿐인데 몹시 갈증이 났다.

'술래잡기를 너무 열심히 해서 온몸이 근육통이에요'라고 말한들 쉴 수 있는 것도 아니고, 근무 이틀째인 이날도 보라색 치마는 아침부터 빡빡한 트레이닝을 받았다.

가끔 열린 객실 문 너머에서 "이건 비밀인데……" 하는 쓰카다 치프의 목소리가 새어나왔다. 보아하니 편하게 일하는 요령 따위를 전수받는 기색. 평소에도 '열의가 없는 사람은 안 가르친다'라고 호언하는 쓰카다 치프인만큼, 일일이 맞장구를 치고 사소한 것도 메모하려 드는 보라색 치마의 자세를 높이 사는 것이리라. 이대로 가면 한 달도 안 되어 트레이닝 수료 인증을 받을지 모른다. 트레이닝을 수료하면 혼자 일하는 시간이 많아진다. 여럿이 있을 때와 혼자 있을 때 중 어느 쪽이 직접 말 붙이기 쉬운가 하면, 당연히 혼자 있을 때다.

나는 전날에 이어 이날도 자기소개를 할 기회를 놓쳤다.

점심시간이 거의 끝나갈 무렵, 식당에서 혼자 차를 마시는 보라색 치마를 발견했을 때가 기회라면 기회였다. 말을 걸까 말까 망설이는 사이 어디선가 나타난 소장에게 자리를 빼앗기고 말았다. 소장은 나름대로 신입의 동향이 신경쓰이는지 "일은 어때? 할 만해요?" 하고 말을 붙였다.

"네, 괜찮습니다." 보라색 치마는 웃는 얼굴로 대답했다.

"다행이네. 여기서만 하는 말인데, 치프들이 괴롭히지는 않는지 걱정했거든." 소장이 소리 낮춰 말했다.

"다들 아주 친절하세요." 보라색 치마가 말했다.

"그럼 됐어요. 여긴 특이한 사람들 집합소거든. 특히 치프들로 말하면 아주 개성파만 쏙쏙 뽑아다놨잖아."

"아…… 네, 뭐."

"쓰카다 씨도 그렇고."

"아아, 네…… 후후."

"그 밖에 하마모토 씨, 다치바나 씨, 신조 씨, 호리 씨, 미야지 씨. 거기다 나카다니 씨, 오카다 씨, 노노무라 씨. 그러고 보니 전부 다네. 다 강렬해."

"강렬…… 후훗."

"동물원 같잖아."

"무슨 말씀을. 후후후."

"얼굴이랑 이름은 대충 외웠나?"

"치프님들요? 아뇨, 아직……"

"하긴. 트레이닝 플로어는 쓰카다 씨 빼면 날마다 얼굴이 바뀌니까. 조만간 외우게 될 거야."

"네."

"그래도 다행이야. 안 맞는 사람은 바로 그만두거든. 히노 씨는 괜찮아 보이네. 쓰카다 씨가 입에 침이 마르게 칭찬했으니 말 다 했지."

"쓰카다 치프님은 참 친절하세요."

"쓰카다 씨 들으면 좋아하겠네. 어, 시간이 벌써 이렇게 됐나."

소장이 일어나 자동판매기에서 캔커피를 두 개 사왔다.

"받아요."

"그래도 돼요?"

"오후에도 열심히 하고."

"네, 감사합니다!"

"하하, 대답 좋았어. 합격."

이튿날, 나는 쉬는 날이었다. 하지만 보라색 치마가 출근하므로 나도 출근하기로 했다. 보라색 치마는 전날과 같은 버스를 타고, 같은 시각에 타임카드를 찍었다. 나도 덩달아 타임카드를 찍을 뻔하다가 직전에 깨닫고 도로 집어넣었다.

출근하긴 했지만 일할 생각은 조금도 없었다. 아니, 쉬는 날이니까 애초에 머릿수에 포함되지도 않는다. 그럼 뭐하러 왔느냐하면 보라색 치마가 일하는 모습을 몰래 관찰하기 위해서다. 물론 타이밍만 맞으면 자기소개를 하고 싶은 생각도 있었다.

그런데 탈의실에 발을 들인 순간, 중대한 실수를 알아차렸다.

다른 것도 아닌, 유니폼을 깜빡하고 가져오지 않은 것이다. 유니폼이 없으면 플로어에 올라갈 수 없다. 어제, 휴일 전날이면 으레 그러듯 집에 가져가서 오늘 아침 세탁해 베란다에 널어놓고 온 것이다.

멍청한 짓을 했다. 사복 차림으로 어슬렁거릴 수도 없는 노릇이고, 예비 유니폼을 빌리려면 사무실에 있는 누군가와 대화를 해야 한다. 내가 오늘 쉬는 날이라는 사실이 밝혀지면 곧바로 귀가 조치를 당하리라.

대체 뭐하는 짓인지 모르겠지만, 오자마자 다시 버스를 타고 집으로 갔다. 정기권이 이래서 편하구나, 돌아가는 버스 안에서 그런 생각이나 하며.

집에 와서는 잠깐 텔레비전을 보고 낮잠을 잤다. 일어나니 밖은 이미 어둑어둑했다. 잠시 뒹굴다가 상점가 닫을 시각이 다가올 즈음 무거운 몸을 일으켰다.

상점가에서 과일가게와 드러그스토어와 백엔숍을 돌아봤다. 다쓰미 주류점은 안에 들어가진 않고 밖에 있는 자판기만 이용했다. 마지막에 들른 반찬가게에서 할인상품 두 팩을 놓고 뭘 살지 고민하다 문득 고개를 들었는데, 보라색 치마의 모습이 보였다.

설마 이 시간에 딱 마주칠 줄은 몰랐기에 놀랐다. 오늘의 객실 가동률은 30퍼센트대였을 터다. 진작에 일 마치고 집에 갔을 줄 알았는데.

보라색 치마와 나 사이의 거리는 대략 십수 미터였다. 이쪽을 향해 걸어오는 모습이 여느 때와 조금 달라 보였다. 상점가를 걸을 때 발휘되는 리듬감이며 속도감이 전혀 없었다. 해가 져서 사람들의 통행이 적은 탓인가 싶었지만, 그렇다 해도 움직임이 영 둔했다.

바야흐로 근무 사흘째, 쓰카다 치프에게 실컷 시달린 걸까. 점점 가까워지는 얼굴은 눈의 초점이 맞지 않고 뺨도 축 처진 것 같았다.

뭐지. 오늘 하루 대체 무슨 일이 있었을까.

오늘 아침 나 자신의 행동을 돌이켜보고 몹시 후회했다. 왜 그때 텔레비전을 켜고 누워버렸을까. 왜 호텔로 돌아가지 않았을까. 좀 축축하거나 말거나 유니폼을 가방에 쑤셔넣고 곧바로 돌아갔어야 했다. 정기권도 있으니, 고민하지 말고 갈 일이었다.

때로 보라색 치마의 몸이 좌우로 크게 휘청거렸다. 지금 누군가 돌진하면 가볍게 날아갈지도 모른다. 그런 생각이 한순간 머릿속을 스쳤다. 물론 아무도 그런 짓은 하지 않았다. 보라색 치마는 내 바로 옆을 천천히 지나, 그대로 휘청휘청 집 쪽으로 걸어갔다.

보라색 치마가 지나간 뒤, 옆에 있던 손님이 반찬가게 주인에게 "저 사람 좀 안 좋아 보이는데, 괜찮을까요?"라고 말했다. 반찬가게 주인은 보라색 치마의 뒷모습을 흘금 보고 "자기 발로 걷는 걸 보니, 괜찮겠죠"라고 말했다. 둘 다 방금 지나간 사람이 보라색 치마라는 사실은 알아채지 못했다.

이튿날은 내내 기분이 뒤숭숭했다.

보라색 치마는 쉬는 날이었다. 월요일부터 청소 스태프로 일하기 시작해 처음 맞는 휴일이다. 전날 저녁의 상태로 미루어보아 오늘은 하루종일 집에서 자면서 보낼 것이다. 겨우 하루 만에 몸이 원상회복될까. 어제 무슨 일이 있었는지 쓰카다 치프에게 물어보고 싶었지만, 하필이면 쓰카다 치프도 쉬는 날이었다.

무엇보다 염려스러운 건 휴일이 지나서도 과연 출근할까 하는 점이었다. 처음 이삼일 나오고, 첫 휴일을 경계로 모습을 감춰버리는 신입은 지금까지 많았다.

보라색 치마는 그러지 않길 바란다. 기왕 채용됐으니 좀더 노력해봤으면 한다. 적어도 나와 친구가 될 때까지는.

그래서 다음날 아침, 버스 정류장 줄 맨 앞에 서 있는 보라색 치마를 보자 무척 마음이 놓였다.

이틀 전에 비해 안색이 한결 좋아졌다. 등이 꼿꼿하고 시선도 일정하다.

도착한 버스는 이미 만원이었다. 매일 아침 이런 식이라 넌더리가 나지만, 한 대 보내면 지각 확정이므로 타는 수밖에 없다. 보라색 치마는 작은 체구를 살려 회사원들 겨드랑이 사이를 비집고 올라탔다.

줄 서 있던 사람들 중 몇 명은 일찌감치 포기하고 택시 승강장으로 달려갔다. 덕분에 제일 뒤에 있던 내게도 차례가 돌아와 승차에 성공했다. 보라색 치마를 따라 자세를 낮추고, 고등학생 배낭 밑을 파고들어 올라탔다.

버스 안에서 보라색 치마는 회사원 무리에 파묻혀 있었다. 내가 있는 곳에서는 머리 일부와 오른쪽 어깨만 보였다. 회사원 한 명이 보라색 치마의 머리냄새를 맡고 있었다. 아마 오늘도 프레시플로럴 샴푸향인 모양이다. 어쩌면 아침에 머리를 감는지도 모른다. 슬슬 샘플이 떨어질 때가 됐는데, 다시 예전 같은 산발로 돌아가려나? 그러면 아무도 머리냄새를 맡으려 하지 않을 것이다. 그러면 보라색 치마의 머리 주위에 자연히 공간이 생기고, 나한테도 얼굴이 잘 보여서 '어머, 안녕하세요. 항상 이 버스 타세요?' 같은 말을 거는 날이, 그럴 수 있는 날이 오지 않을까.

지금은 도저히 인사를 건넬 형편이 못 된다. 옴짝달싹 못하는 와중에도 나는 아까부터 보라색 치마의 오른쪽 어깨에 붙은 밥풀이 신경쓰였다.

딱딱하게 말라붙은 밥풀이었다. 아침에는 밥을 먹어야 한다는 쓰카다 치프의 충고를 실천하는 중인지도 모른다. 어쩌면 며칠 전부터 붙어 있었는지도 모른다. 떼어주고 싶지만 이런 상황에서는 손가락 하나 까딱하기 힘들다.

슬금슬금 천천히 팔을 뻗어, 보라색 치마의 어깨에 붙은 밥풀에 손끝이 닿을락 말락 하는 순간이었다. 버스가 급커브를 틀면서 좌우로 크게 흔들렸다. 그 바람에 나는 밥풀이 아니라 보라색 치마의 코를 틀어쥐고 말았다.

"으억."

보라색 치마가 얼빠진 소리를 냈다. 나는 황급히 손을 거둬들였다.

다음 정류장에 도착해 승객이 줄줄이 내리는데, 보라색 치마만은 험악한 표정으로 주위를 두리번거리고 있었다. 조금 전 자기 코를 틀어쥔 인간이 대체 누구냐고 따지고 싶어하는 얼굴이었다. 당신이지! 하는 눈초리로 내 얼굴을 노려봤다 싶었는데, 보라색 치마는 내 옆에 있던 회사원 복장의 남자에게 다가섰다.

"아까 내 엉덩이 만졌죠!"

보라색 치마가 남자에게 쏘아붙였다.

"이 사람, 치한이에요!"

지목당한 남자는 당황해서 뭐라고 웅얼거렸지만, 치한이라고 콕 집어 말하는데도 부인하지 않았다.

주위에 있던 승객 몇 명이 남자를 우우 둘러쌌다.

상황을 알아챈 운전기사가 가까운 파출소 앞에 긴급 정차했다.

버스 문이 열리고, 보라색 치마가 먼저 내렸다. 이어서 남자가 승객들 손에 끌려나갔다. 문이 닫히고, 버스는 아무 일 없었던 것처럼 다시 달리기 시작했다. 뒤 차창 너머로 파출소 순경에게 치한 용의자를 넘기는 보라색 치마의 뒷모습이 보였다.

이런 사정으로, 이날 보라색 치마는 두 시간 지각했다. 아침 미팅을 끝내고 플로어로 올라가는 엘리베이터를 기다리는 사이 스태프들은 저마다 숙덕거렸다. 벌써 무단결근인가? 흔한 패턴이야. 아마 이대로 안 나올걸.

그러는 가운데 "무슨 사정이 있겠지"라고 말한 이는 쓰카다 치프였다.

"아무 말도 없이 그만둘 애는 아니야."

"그럴까요?"

고참 스태프 한 명이 고개를 갸웃했다. "이번에도 예의 그 패턴 같은데."

"아니, 걔는 아니라고 봐."

쓰카다 치프가 말했다.

"나도, 아니라고 봐."

하마모토 치프도 말했다.

"하마모토 치프도?"

"그럼, 열심히 트레이닝 받고 있던걸."

"그런 애들일수록 말 한마디 없이 그만두고 그러거든요."

다른 고참 스태프가 말했다.

아니, 쓰카다 치프는 고개를 가로저었다.

"트레이너를 오래 하다보면 눈만 봐도 딱 안단 말이야. 아, 얘
는 계속하겠다 하는 거. 그렇지, 하마모토 치프?"

"그럼."

"흐음. 그런가요."

"게다가 본인 입으로 말했거든, 이 일이 재미있다고. 내 말 맞
지, 하마모토 치프, 다치바나 치프?"

"응, 그랬어."

하마모토 치프가 말했다.

"그랬지."

다치바나 치프도 말했다.

"우리, 그제 같이 술도 마셨거든."

쓰카다 치프가 말했다. "왜, 그제 가동률이 낮았잖아. 세시에 끝나고 그길로 넷이 역 앞 꼬치구이 집으로 직행했어."

"넷이서요?"

"응. 그날은 오카다 치프랑 노노무라 치프랑 호리 치프가 쉬는 날이라서."

"곤도 치프는…… 안 갔고요?"

나름 신경써주려는 양 고참 스태프 하나가 작은 소리로 말했다.

"그게, 곤도 치프는 술을 한 방울도 못 마시잖아."

쓰카다 치프가 말했다. "못 마시는 사람한테 괜히 부담 주기도 미안하고."

"맞아, 맞아, 게다가 그저께 곤도 치프는 쉬는 날이었고." 다치바나 치프가 말했다.

"어머, 그랬어? 본 것 같은데."

"그래? 하마모토 치프가 착각한 거 아냐? 곤도 치프가 없어서 자기가 비품 체크해야 한다고 신조 치프가 불평했는데."

"흐음, 그랬던가."

"그래서 그 꼬치구이 집에서, 확실하게 말하더라고. 이 일 재미있다고. 앞으로도 계속할 거라고. 이렇게 가슴을 펴고 선언했다니까."

쓰카다 치프가 말했다.

"음? 취했던 건 아니고요?"

"뭐, 그것도 이유일지 모르지만."

"아, 혹시 숙취로 드러누웠나?"

"술 마신 건 그제라니까. 무슨 숙취가 이틀이나 가려고."

"그야 모를 일이지. 안 그래도 제법 마셨잖아. 아직 술이 덜 깼을지 몰라."

"그러는 하마모토 치프야말로 제법 마셨잖아."

"어머, 다치바나 치프만큼은 아니거든."

"나? 그래봤자 하마모토 치프의 우메와리* 양은 못 따라가."

"무슨 말씀, 우메와리쯤이야 귀엽지. 다치바나 치프는 처음부터 온더록이었으면서."

"그랬던가."

"나 참, 레이디스 데이**라고 다들 너무 마셨어."

---

* 소주에 매실 시럽과 물을 첨가한 것.
** 여성 손님에게 할인 혜택을 제공하는 이벤트.

"그러는 쓰카다 치프가 제일 많이 마셨거든!"

와하하. 세 명의 치프가 웃음을 터뜨렸을 때 소장이 복도 맞은편에서 쓰카다 치프의 이름을 외쳤다.

"쓰카다 씨이, 방금 히노 씨한테서 전화 왔는데, 좀 늦는대요."

쓰카다 치프가 소장을 향해 "알았어요오" 하며 양손을 들어 동그라미를 만들고, 흡족한 얼굴로 뒤돌아보았다.

"봐, 무단결근 아니잖아."

보라색 치마는 파출소에서 사무실에 전화해 소장에게 사정을 설명한 모양이었다. 소장은 두 시간 늦게 출근한 보라색 치마에게 캔커피를 사주었다.

"수고했어요. 아침부터 고생했네."

오후 세시. 늦은 점심시간을 맞아 밑으로 내려온 보라색 치마는 소장이 내민 캔커피를 양손으로 받아들고 고개를 숙였다.

"폐를 끼쳐서 죄송합니다."

"폐라니, 무슨 소리."

소장이 말했다.

"히노 씨는 피해자니까 사과할 필요 없어요. 잘못한 건 그 치한 녀석이지. 완전 저질이구만. 같은 남자로서 용서할 수 없어.

무서웠죠?"

보라색 치마가 고개를 끄덕였다.

"다른 시간대 버스를 타는 게 좋지 않을까? 범인은 잡혔다지만 언제 또 이상한 놈이 탈지 모르잖아."

"네…… 그런데 시간이 딱 맞는 버스가 없어요. 한 대 먼저 타면 시간이 남고, 다음 걸 타면 지각이거든요."

"음, 그렇군. 그거 난처하네……"

"괜찮아요. 무슨 일 있으면 승객들과 기사 아저씨가 도와주실 테니까요."

"그래? 걱정되는데."

"괜찮아요. 그렇게 걱정하지 마세요."

"아니, 걱정돼. 오늘 아침에도 얼마나 걱정했다고. 무사히 출근해서 다행이지만, 미팅 시간이 돼도 아무 연락이 없으니까. 왜, 전에도 얘기했지만 이 직장은 연락 없이 갑자기 그만둬버리는 사람이 많거든."

"저는 안 그래요."

"알아요. 히노 씨는 그런 사람 아니라고 치프들도 말하더만. 그제, 다 같이 술 마시러 갔다면서?"

"네, 퇴근길에 권하셔서요."

"제법 세다던데? 의외야."

"아이참, 누가 그런 말을 했어요?"

"아니, 아니, 든든해서 그래. 일 잘하지, 술도 세지."

"센 것도 아니에요. 그날은 괜히 과음하는 바람에…… 중간부터 취해가지고 집에 어떻게 갔는지도 기억 안 나요."

"정말? 그럼 안 되지."

"게다가 일도, 제가 잘한다고 생각하지 않아요. 쓰카다 치프가워낙 잘 가르쳐주는 덕분이죠."

"하하하, 전해둘게. 히노 씨가 쓰카다 씨 후계자가 되고 싶어 한다고."

"무슨. 그런 말 안 했거든요."

"농담이야, 농담. 아니, 꼭 농담도 아니지."

"네?"

"우리끼리 하는 얘긴데, 히노 씨는 나중에 치프 돼서 스태프 지원 업무를 해주면 좋겠어."

"제가, 요?"

"지금 당장은 아니고. 그래도 되도록 빠르면 좋겠는데. 트레이닝 수료하면 치프 일도 같이 배웠으면 해."

"글쎄…… 제가 과연 할 수 있을지……"

"할 수 있어. 사실 치프 일이라고 해봤자 간단하거든. 그 사람들 얼굴 보면 알 거 아냐. 다들 태평하잖아. 심지어 치프가 된 순간부터 무슨 특별대우라도 받는 줄 알고 슬렁슬렁 일하는 사람도 있다니까. 히노 씨가 새바람을 불어넣어줬으면 해. 기존 치프들에게도 분명히 좋은 자극이 될 거야. 대우는 크게 달라지지 않지만. 수당이 나오는 것도 아니고, 유니폼도 지금과 똑같아. 시급으로 따지면 청소 스태프보다 삼십 엔 높을걸. 물론 오래 근무하면 정사원으로 채용될 길도 있고, 시험 결과에 따라 본사로 갈 가능성도 있어. 쓰카다 씨가 그러던데, 이 일 계속하겠다고 선언했다면서?"

"선언은요."

"나 말이야, 그 말 듣고 뭐라고 할까, 엄청 흐뭇했거든. 그래, 흐뭇했어."

"소장님……"

"응, 흐뭇했다고."

나는 답답한 심정으로 두 사람의 대화를 엿듣고 있었다. 버스 안에서 누가 코를 틀어줬었다는 이야기를 보라색 치마가 도무지 꺼내려 들지 않았기 때문이다.

혹시 예의 치한이 그 김에 코도 틀어쥐었다고 생각하나? 아닌데. 코를 쥔 사람은, 나인데.

이튿날 아침, 나는 어떤 결의를 품고 버스 정류장에 줄을 섰다. 보라색 치마의 코를 다시 한번 쥐어보려 한 것이다. 어제는 보라색 치마에게 여러 사람이 말을 걸었다. 치한한테 당했다면서? 아침부터 고생했네. 그럴 때마다 보라색 치마는 "그러니까요오" 하고 쾌활하게 받아쳤다. "버스에서 누가 엉덩이를 만져서—"

내가 들은 한 보라색 치마는 한 번도 누가 코를 쥐었다는 이야기를 하지 않았다. 나는 분명히 코를 쥐었는데. 아니면 그런 일 따위는 없었던 걸까. 그도 아니면 전혀 딴사람의 코를 쥐었다거나? 모르겠다. 아무튼 이대로 가면 내가 한 일이 없었던 일이 되어버린다.

그러므로 다시 한번 쥐어보겠다. 이번에는 더 확실히, 손톱이 콧등을 파고들어 피가 날 만큼.

보라색 치마는 격분해서 나를 버스에서 끌어내릴지 모른다. 그래도 상관없다. 나는 정식으로 이름을 밝히고, 보라색 치마에게 사과하고, 용서받고, 그러고는 둘이 친구가 될 테니까.

이런 생각까지 한 보람도 없이 이날 보라색 치마는 좀처럼 버스 정류장에 모습을 드러내지 않았다.

여덟시 이분 버스를 그냥 보내고, 정류장 벤치에 앉아 보라색 치마가 오기를 기다렸다. 다음 버스를 타면 지각이지만 어쩔 수 없다.

하지만 다음 버스가 도착할 시간이 되어도 보라색 치마는 오지 않았다. 설마 쉬는 날인가 싶어 황급히 메모를 확인해봤는데, 다음 휴일은 월요일이지 오늘이 아니었다.

한 시간 기다렸지만 보라색 치마는 끝내 정류장에 나타나지 않았다.

아침 미팅에 출석하지 못한 나는 사무실 화이트보드를 보면서 그날의 객실 가동률과 예약 취소 상황 등을 체크했다. 비고란에 전날 발생한 각종 실수(210호실 홍차 보충 잊음, 709호실 욕조 덜 씻음, 811호실 창문 잠그기 잊음)와 평소와 다름없는 주의사항(※비품 개수가 맞지 않습니다! 분실이 확인되면 신속히 담당 치프에게 보고할 것!)이 소장의 지저분한 글씨체로 휘갈겨 있다. 타임카드를 찍고 나서 보라색 치마의 타임카드를 확인해보니 '출근'란에 이틀째와 거의 똑같은 시간(8:50)이 찍혀 있었다.

이게 대체 어찌된 일일까. 버스를 타지 않았다면 전철로 왔다는 소리인가. 그런다 해도 역까지 가려면 어차피 버스를 타야 하는데. 혹시 택시를 이용했나? 호텔까지 삼천 엔쯤 나오지 싶은데. 보라색 치마에게 그런 여윳돈이 있으리라고는 생각하기 힘들다. 그럼 걸어왔다? 도보로 편도 두 시간 넘게 걸릴 텐데. 출근만으로도 지칠 거리인데, 이날 보라색 치마는 어느 때보다도 기운이 넘쳤다.

내가 엿봤을 때는 오른손에 걸레, 왼손에 먼지떨이를 들고 한창 객실 안을 이리저리 누비는 중이었다.

"더 빨리! 꼼꼼하게!"

쓰카다 치프의 지적이 날아갈 때마다 "넵!" 하고 시원시원한 대답이 돌아왔다.

그에 화답하듯 쓰카다 치프의 지도도 열기를 띠었다.

"오 분밖에 안 남았어! 서둘러, 서둘러! 내일부터는 아무도 안 도와준다고!"

"넵."

보라색 치마는 이날 근무가 끝나기 직전에, 쓰카다 치프로부터 트레이닝 수료 인증을 받았다.

설마 출근 닷새 만에 트레이닝을 수료할 줄이야. 보통은 한 달에서 두 달, 오래 걸리는 사람은 반년 넘게 가기도 한다. 소장도,

다른 스태프도 이례적으로 빠른 수료에 놀랐다.

당사자는 어떤가 하니, 이렇게 빨리 수습 딱지를 뗀 것이 고스란히 자신감으로 이어진 모양이다. 다음날부터 마스터키를 허리에 매달고 다니게 되었는데 그 얼굴이 어딘가 자랑스러워 보였다.

비단 보라색 치마뿐 아니라 스태프라면 누구나 그럴 테지만, 트레이닝 수료 인증을 받은 순간 어쩐지 발걸음이 가벼워진다고 할까, 절로 느긋한 분위기가 몸에 밴다. 트레이닝중에는 치프에게 구석구석 체크당하고, 혼나고, 때로는 괴롭힌다 싶을 정도로 시달리고, '좋았어'가 나올 때까지 몇 번이고 다시 해야 하니까 위축되기 마련이다. 수습 딱지를 뗀다는 건 치프에게서 해방된다는 뜻이다. 혼자 객실 문을 열고 들어가, 혼자 청소하고, 혼자 객실을 나와 혼자 문을 잠근다. 처음부터 끝까지 전부 혼자. 그래도 오롯이 책임져야 한다는 부담감보다 해방감이 더 크다. 최근 들어 보라색 치마는 일하는 자세뿐 아니라 휴일을 보내는 방법에도 변화를 보였다.

단순히 말해, 밖에 나오는 횟수가 늘어난 것이다. 밖이라고 해봐야 보라색 치마가 출몰하는 곳은 근처 상점가 아니면 공원 정도지만.

이날도 여느 때와 같은 코스였다. 보라색 치마는 상점가에서 식료품과 일용품을 산 뒤 공원으로 향했다.

"아, 왔다!"

공원에는 아이들이 먼저 와 있었다.

공원 입구에 나타난 보라색 치마를 발견하고 아이들이 우르르 몰려갔다.

"그거 가져왔어요?"

"응."

보라색 치마가 고개를 끄덕이자 와아 하는 환성이 터졌다. 아이들이 보라색 치마의 손을 잡아끌어 전용석으로 데려갔다.

전용석에 앉은 보라색 치마를 아이들이 둘러쌌다. 빨리! 빨리요! 아이들의 성화에 보라색 치마가 가방에서 꺼낸 것은 초콜릿 상자였다.

"드디어 왔다!"

리더 격인 남자아이 손에 네모난 갈색 상자가 건네지자 이번에는 그쪽으로 아이들의 눈이 쏠렸다. 나도 줘! 나도!

"다 같이 나눠 먹는 거야."

보라색 치마가 너그러운 투로 말했다. "한 명당 한 알씩 돌아가니까."

아이들은 초콜릿에 정신이 팔려 보라색 치마의 말이 귀에 들어오지 않는 것 같았다. 한 명당 한 알씩 돌아간다는데도 거의 쟁탈전을 벌이다시피 했다.

세계 각국에서 엄선한 카카오 콩과 양질의 홋카이도산 우유로 만든 생크림을 사용한 생초콜릿은 한 알에 무려 980엔이다. 파티시에의 메시지 카드가 함께 들어 있고, 상자 뚜껑에는 호텔 로고와 마크(M&H라는 알파벳과, 머리에 꽃다발을 쓴 페가수스)가 그려져 있다.

맛있다~ 살살 녹아~ 평소 슈퍼에서 사먹는 초콜릿과 다르다는 걸 아이들도 아는지 저마다 황홀한 표정을 지으며 음미했다. 보라색 치마는 한없이 자애로운 눈길로 그 모습을 바라보고 있었다.

보라색 치마가 일을 한다는 사실을 알았을 때 아이들은 매우 놀랐다. 많은 사람이 그랬고 나 또한 그랬듯이, 애들도 평일 대낮부터 동네를 어슬렁거리는 보라색 치마가 무직이라고 생각했던 눈치였다.

"뭐, 일할 때도 있고 놀 때도 있어." 놀란 표정을 짓는 아이들에게 보라색 치마는 다소 쑥스러운 기색으로 말했다.

"무슨 일 하는데요?"라는 질문에는 청소 일, 하고 대답했다.

"그런 일도 있어요?"라고 아이들이 묻자 "있지"라고 대답했다.

"청소만 하고 돈을 받는다고요?"

"그럼."

"와, 불공평하다. 나도 맨날 내 방이랑 현관 청소하는데. 그래도 1엔도 받은 적 없어요."

"이건 직업이잖아. 집안일 거드는 거랑은 다르지." 보라색 치마가 사뭇 진지하게 말했다.

"나, 커서 청소 일 할래." 한 여자아이가 말했다.

"나도 할래."

"나도."

"나도."

너도나도 손을 들었다.

"우리, 다 같은 데서 일하자."

"찬성!"

그 말을 들은 보라색 치마가 "나 일하는 데로 와"라고 말했다.

"역 앞에 있는 엄청 큰 호텔 알아? 꼭대기에 M&H라고 쓰여 있는 하얀 건물. 거기서 일해. 너희도 커서 우리 호텔에 오면 되겠다."

"M&H면, 본 적 있는데."

"전철에서 보이잖아."

"그래, 그거. 전철이랑 버스에서 다 보여. 연예인도 오는 좋은 호텔이야."

"엇, 연예인도 와요?"

"지난주엔 미네 아키라가 왔어."

"전통가요 가수?"

"응. 그제는 배우 이가라시 레이나가 왔고."

"이가라시 레이나? 굉장하다아!"

"예뻐요?"

"글쎄. 평범하던데?"

"좋겠다. 나도 이가라시 레이나 보고 싶다. 근데 나도 청소 일 할 수 있을까요?"

"할 수 있어."

"나도?"

"할 수 있어. 익숙해질 때까지가 고생이지, 요령만 익히면 누구나 할 수 있어."

"어렵지 않아요?"

"어렵게 느껴질 수도 있지만, 요령만 익히면 누구든 할 수 있어. 걱정 안 해도 돼. 만일 우리 호텔에 오면 내가 트레이닝 시켜 줄게."

조만간 치프 업무를 해줬으면 한다는 이야기를 얼마 전 소장 이 꺼낸 참이었다. 소장 앞에서는 난처한 표정을 지었지만 내심 좋았던지, 이날 보라색 치마의 입에서는 불과 며칠 전 객실 청소 일을 시작한 사람답지 않게 거창한 발언이 쑥쑥 튀어나왔다.

"이 상자 나 주세요."

한 명당 한 알씩 초콜릿을 다 먹고 나서, 빈 상자를 손에 든 남 자아이가 보라색 치마에게 말했다.

"그래. 어디 쓰게?"

"벨마크* 넣으려고요. 엄마가 모으거든요. 지금 쓰는 상자가 거의 꽉 찼어요."

"나도 이 상자 갖고 싶어요."

"안 돼, 내가 먼저 받았어."

"미카는 다음에 줄게." 보라색 치마가 말했다.

"다음이 언젠데요?"

_____

* 상품 포장지 등에서 오려내 쓰는 종 그림 기부 쿠폰.

"언젠지는 몰라도, 초콜릿이 또 들어오면."

"나도 갖고 싶은데."

"알았어. 순서대로. 미카 다음은 못군."

"꼭이에요."

"나, 이 그림 어디서 봤어."

한 여자아이가 남자아이가 들고 있던 상자를 옆에서 들여다보면서 말했다. "어디서 봤더라……"

"그거 우리 호텔 마크야."

보라색 치마가 말했다. "지금까지 줬던 쿠키나 바움쿠헨 상자도 그렇고, 호텔 상품 보면 전부 그 마크가 있어."

"흐음. 이건 뭐예요? 말?"

조금 전에 못군이라고 불린 남자아이가 물었다.

"페가수스."

보라색 치마가 대답했다.

"앗, 생각났다!"

상자를 들여다보던 여자아이가 번쩍 고개를 들었다. "이 그림, 우리집 수건에 있다!"

"수건?"

"웅. 배스타월이랑, 그냥 수건이랑, 핸드타월에도 있어. 우리

집 수건 중에 제일 깨끗하고 보들보들한 것들이야."

"흐음. 우리 호텔에서 샀나? 타월을 따로 판매하던가……"

보라색 치마가 고개를 갸웃했다.

"아뇨. 바자회에서 샀어요."

여자애가 말했다.

"바자회?"

"응, 학교 바자회. 엄마랑 같이 갔을 때 샀어요. 마유 씨는 바자회 가본 적 없어요?"

"응, 없어."

"없어요?"

남자아이가 놀란 표정을 지었다. "난 매번 가는데. 핫도그 같은 것도 팔고, 게임 코너도 있고, 엄청 재미있어요."

"그렇구나."

"바자회에서 엄마가 만화책이랑 운동화 사준 적도 있어요."

"호오. 그거 언제 하는데?"

"매달 세번째 일요일. 다음엔 마유 씨도 같이 가요!"

"응, 일 쉬는 날이면 가볼게."

다들 어느새 자기소개까지 마쳤나보다. 아이들 얼굴이 다 똑같아 보이지만 그중에 못군이라는 남자아이와 미카라는 여자아이가 있다는 걸 이 대화를 듣고 처음 알았다. 그 밖에 유지, 가네퐁, 미나미라는 아이도 있다. '마유 씨'라 함은 보라색 치마를 가리킨다. 그뒤 '마유 씨'는 일하다가 연예인을 본 이야기를 들려주며 아이들의 부러움을 샀다.

트레이닝 수료 다음날부터 보라색 치마는 30층에 배속됐다. 30층은 연예인이 곧잘 숙박하는 플로어이기도 하다. 각 플로어에 고정 스태프가 있으므로 내가 얼굴을 내밀 일은 거의 없다. 그래서 보라색 치마의 모습을 직장에서 볼 기회가 전에 비해 극단적으로 줄어들었다. 최근에는 오히려 공원이나 상점가에서 보라색 치마의 동태를 더 자세히 보게 된다.

치한 소동 이후로 보라색 치마는 아침에 버스를 타지 않는다. 퇴근길 버스에서는 간간이 모습을 보이니까 아무래도 아침만 그런 것 같다. 버스 외의 통근 수단은 전철 아니면 도보 아니면 택시인데, 그중 무엇을 이용하는지는 여전히 수수께끼다. 타임카드에 찍힌 시각을 보면 전보다 십오 분쯤 출근이 빨라졌다. 아침에 내가 탈의실에 들어가면 보라색 치마는 벌써 옷을 갈아입고 거울 앞에서 열심히 빗질하고 있을 때가 많다. 보라색 치마가 빗질할 때마다 프레시플로럴향이 주변에 감돈다. 내가 준 샘플은 많아봐야 닷새 분이었을 텐데, 이 주일이 지나고 삼 주일이 지나도 보라색 치마의 머리에서는 프레시플로럴향이 난다. 신기한 얘기지만 이유는 지극히 단순하다.

실은 며칠 전, 상점가 드러그스토어에서 리필용 샴푸를 구입하는 보라색 치마의 모습을 목격했다. 리필용을 산다는 건 이미 본체를 한 통 구입했다는 소리다. 그 샘플이 제법 맘에 들었던 모양이다. 굳이 돈 주고 살 필요 없이, 샴푸 정도는 직장에서 얼마든지 구할 수 있는데. 샴푸뿐 아니라 컨디셔너, 바디워시, 비누도 마찬가지다. 거의 모든 스태프가 호텔 로고가 찍힌 샴푸통을 집 욕실에 상비하고 있을 것이다. 모든 이의 머리에서 매일 똑같은 향기가 난다. 프레시플로럴향을 풍기는 사람은 보라색 치마뿐이다.

지난번, 탈의실에서 쓰카다 치프가 그 얘기를 꺼냈다. "그런데 히노는 왜 우리 호텔 샴푸 안 써?"

질문을 받은 보라색 치마는 "아, 음……" 하고 난처한 표정을 지었다.

"호텔 샴푸 쓰면 되잖아? 이거 꽤 좋은 거야."

"으음, 그래요……?"

보라색 치마는 그렇게 말하며 머리를 풀었다.

"게다가 공짜잖아. 비품이니까 얼마든지 가져다 써도 돼. 다들 쓰는걸. 히노도 오늘부터 써봐."

"음……"

보라색 치마가 쓰카다 치프 손에 들린 미니 샴푸통을 흘금 쳐다보았다.

"그 샴푸, 냄새가 좀……"

"냄새?"

"네. 비리지 않아요?"

"그런가?"

"나요, 생선 비린내 같은 거. 아, 아니에요. 쓰카다 치프한테서 비린내가 난다는 게 아니고요. 어디까지나 샴푸 얘기예요. 후훗."

보라색 치마가 웃었지만 쓰카다 치프는 웃지 않았다. 나는 조마조마한 심정으로 두 사람의 대화를 듣고 있었다. 이윽고 쓰카다 치프가 말없이 샴푸통을 사물함에 집어넣는 것을 보고 아차 싶었는지 보라색 치마가 황급히 화제를 돌렸다. "언제 또 술 마시러 가요" 같은 소리로 무마하면서 그 자리를 어찌어찌 넘겼다.

트레이닝을 단시간에 수료한 보라색 치마는 이미 신입이 아니었다. 수습 딱지를 떼면서부터 선후배 사이의 벽이 낮아진다. 때로 식당에서 고참 스태프들과 신나게 뒷담화를 나누는 모습을 목격하는데, 솔직히 멀리서 봐서는 누가 누구인지 구분되지 않는다. 머리 모양, 복장, 자세, 표정, 웃을 때마다 허리에서 찰랑거리는 마스터키. 보라색 치마는 완벽하게 주위에 동화되어 있다.

하지만 눈을 크게 뜨고 주의를 기울이면, 보인다. 보라색 치마의 본심이. 보라색 치마는 진심으로 그 자리를 즐기는 것이 아니다. 입은 웃어도 눈이 웃지 않는다. 다른 스태프들의 생생한 표정에 비해 보라색 치마는 어딘가 애처로운 분위기를 풍긴다. 선배들의 즐거운 시간을 방해하지 않으려고 억지로 장단을 맞출 뿐이다. 숨이 막힐 듯한 자리에서 빼내주려고 나는 지금까지 두 번 말을 걸었다. "있죠"와 "저기요". 두 번 다 이야기꽃이 한창이라 아무도 내 말을 알아채지 못했다.

보라색 치마가 객실 청소원이 된 지 어느덧 두 달이 다 되어간다. 좋건 나쁘건 직장생활이 몸에 익었는지도 모른다.

왠지 쓸쓸한 기분도 들지만 별수없다. 여자가 대다수인 직장에서 화제에 오르는 건 대개 누군가의 뒷담화니까. 관심이 없어도 있는 척하는 수밖에 없다.

오늘은 이 사람, 내일은 저 사람, 쉴새없이 대상이 바뀌면서 뒷담화는 계속된다. 늘 누군가가 누군가의 얘기를 한다. 베테랑이든 신입이든 관계없다. 나는 거의 모든 사람의 뒷담화를 들어봤다. 물론 그중에는 보라색 치마 얘기도 있었다.

"히노 씨 말이야, 처음 들어왔을 때랑 분위기 좀 달라졌지?"

"응, 맞아."

"동글동글해지고 밝아진 것 같지 않아?"

"맞아, 그래."

"처음엔 얼굴이 영 어둡고 창백했잖아."

"지금은 건강해 보이는 편이지."

"응, 맞아."

그렇다, 좋은 얘기다. 그들의 말마따나 요 두 달 사이 보라색 치마의 겉모습은 상당히 달라졌다. 제일 많이 달라진 건 얼굴이 겠지만. 홀쭉했던 뺨이 통통해지고 혈색이 좋아졌다. 한마디로 조금 살이 붙었다. 언뜻 봐서는 그렇게 잘 먹는 것 같지 않은데. 초반에는 점심시간에 차만 홀짝거리길래 저러다 쓰러지지 않을 까 걱정했더랬다.

식당 자판기 옆에는 누구나 마실 수 있도록 엽차가 준비되어 있다. 보라색 치마는 늘 그것을 마신다. 플라스틱 찻잔을 양손으 로 감싸쥐고 호록호록 차를 마시는 보라색 치마에게, 생각해보 니 첫날부터 늘 누군가가 다가와 말을 걸었다.

"어머, 신입 씨, 차만 마시는 거야?" 하는 식으로.

"네"라고 대답하는 보라색 치마.

"설마 다이어트해?"

"아뇨."

"안 돼, 살이 좀 쪄야지. 자, 뭐가 좋아? 맘에 드는 걸로 하나 골라봐."

어느 때는 도넛을 얻고, 어느 때는 만주를 얻고, 또 어느 때는 롤빵을 얻었다. 그 밖에도 사탕이며 껌, 귤, 비스킷 따위를 얻는 장면을 목격했다. 엽차는 나도 매일 마시는데, 저런 경험은 한 번도 없다. 서서 마시는 것과 앉아서 마시는 것의 차이일까. 보라색 치마는 항상 둥근 6인용 테이블에 오도카니 혼자 앉아 마신다. 조금 쓸쓸해 보이는 그 옆얼굴이 주위 사람으로 하여금 손을 내밀고 싶게 만드는지도 모른다. 소장이 캔커피를 사주는 거야 늘상 있는 일이고, 우동 정식을 시킨 쓰카다 치프가 세트로 나온 주먹밥을 나눠주는 장면을 본 적도 있다. 점심을 싸오지 않아도 충분히 배를 채울 수 있다. 뭘 주는 사람이 아무도 없으면 객실에서 해결하면 된다. 보라색 치마는 이미 그 요령을 터득했다.

쓰카다 치프나 고참 스태프들에게서 배웠는지, 보라색 치마는 간혹 객실을 안에서 걸어잠갔다. 다들 그러지만 사실은 금지된 일이다. 수습 딱지를 뗐건 아니건 청소중에는 문을 활짝 열어놓아야 한다는 수칙이 있다.

문을 걸어잠그고 안에서 보라색 치마가 뭘 하느냐, 물론 청소를 하지만, 그 밖에도 여러 가지를 한다. 비치된 커피를 마시거나, 유료 견과류나 초콜릿을 까먹거나, 혹은 손님이 남긴 룸서비스 샌드위치를 먹거나. 그런 다음 침대에서 뒹굴며 텔레비전을 보거나, 그대로 한숨 자거나, 나아가 욕조에 더운물을 받아 족욕을 하거나. 어쩌면 샴페인을 마시는지도 모른다. 열쇠를 따고 밖으로 나올 때 보라색 치마는 대개 입을 오물거리고 있다.

이것이 '동글동글해지고 건강해 보인다'는 말이 도는 이유다. 푸석푸석하던 머릿결에 윤기와 탄력이 생긴 것도 그저 샴푸를 바꾼 까닭만은 아닐 터다. 인간이란, 필요한 영양이 충분히 공급되면 절로 살이 오르고 반질반질해지는 모양이다.

또 한번은 보라색 치마 여자에 관해 이런 소문을 들었다.

"히노 씨, 예뻐지지 않았어?"라고 어느 스태프가 말했다. "성형했나?" 이건 칭찬이라고 봐도 좋을 것이다.

"설마. 화장발이겠지." 같이 있던 스태프가 말했다.

"흐음. 솜씨 좋네."

"응, 좋아."

"일도 빠르고."

"응, 빨라."

"치프들이 그러잖아, 급한 방은 히노 씨한테 맡기면 된다고."

"응, 엄청 빠르니까 그럴 만도 하지."

"그래도 좀 심하게 빠를 때가 있지만."

"뭐, 그런 건 있지."

"말하기 좀 그렇지만, 대충 한다 싶을 때도 있어."

"있어, 있어, 완전 있어."

"대충 한다는 거 치프들도 알겠지."

"알고는 있어도 왜, 치프들이 히노 씨를 좋아하잖아."

"왠지 인사도 치프들이랑 우리랑 구별해서 한단 말이야."

"맞아. 목소리 톤이 미묘하게 다르지."

"상대를 가리는 거야."

"그래."

"그리고 왜건 정리를 제대로 안 해."

"맞아! 걔가 쓴 왜건은, 꼭 뭔가 부족해."

"지난번엔 비누가 하나밖에 없더라고."

"뒷사람을 배려 안 하는 거지. 자기만 생각하고!"

그 얘기를 듣고 몇 시간 후, 보라색 치마가 사용한 왜건을 정리하러 몰래 가봤다. 본인은 이미 타임카드를 찍고 퇴근한 후였다. 스태프들 말대로 이날 보라색 치마가 사용한 왜건에는 브러시가 하나뿐이고, 샤워 캡으로 말하자면 하나도 채워져 있지 않았다. 다음날 아침에 와서 채울 생각이었는지도 모르지만, 보라색 치마는 쉬는 날이었다. 참고로 나는 출근이다. 쉬는 날이 서로 겹치지 않는 상황이 이럭저럭 이 주일째 계속되고 있었다. 보라색 치마의 근황을 스태프들의 뒷담화로만 얻어듣자니 답답했지만, 아무 정보도 들어오지 않는 것보다야 나았다.

이렇게 된 이상 다음달 플로어 교체에 기대를 거는 수밖에 없겠다고 생각하던 차에 또 새로운 소문이 들려왔다.

이번에는 치프들 입에서 흘러나온 소문이었다. 덜컥 믿기는 어려운 내용이었다. 웬걸, 보라색 치마가 소장과 사귄다지 않는가. 뭐라고? 소장이라면 그 소장? 유부남에 아이도 있는 그 소장? 절대 거짓말이다.

"그게 그런데 사실이라니까."

하마모토 치프가 사탕 껍질을 까면서 말했다.

"봤어?"

그렇게 묻는 쓰카다 치프. 이쪽은 작은 쌀과자 봉지를 뜯었다. 리넨 창고에 간장냄새가 퍼졌다.

"봤다는 애가 있어. 그것도 몇 명이나. 요새 매일 소장 차를 타고 출근한대."

"소장 차로? 이야."

이튿날 아침, 바로 확인하러 갔다. 결론부터 말하면 사실이었다. 보라색 치마는 정말로, 매일 아침 소장 차를 타고 출근하고 있었다. 그러니까 당연히 버스 정류장에 안 보였지. 소장이 직접 보라색 치마의 집까지 데리러 와서 그대로 직장으로 직행했으니 버스 정류장에 나타날 턱이 없다.

하지만 사귀는지 어쩌는지는 알 수 없다. 내 눈으로 본 것은 아침 여덟시 소장이 검은색 승용차를 몰고 보라색 치마의 집 앞에 나타나, 클랙슨을 뚜뚜 두 번 울리고, 몇 초 후 201호 현관문이 열리고, 보라색 치마가 빠끔 얼굴을 내밀고는 밑에 있는 소장을 향해 웃으면서 손을 흔들고, 조심조심 얌전한 걸음으로 계단을 내려와 조수석 문을 열고 올라타고, 두 사람이 짧게 몇 마디 나누고, 보라색 치마가 안전벨트를 매는 동시에 소장이 차를 출발시키는 데까지였다.

직장까지 데려다주는 건 틀림없다.

문제는 그다음. 아침마다 같은 차로 출근하는 사이 두 사람이 조금씩 가까워져 사귀게 됐다는 것이 소문이 말하는 바다. 과연 정말일까.

일요일. 보라색 치마와 나. 삼 주 만에 나란히 쉬는 날이다. 현재 기온 21도. 습도 60퍼센트. 아침부터 화창하게 파란 하늘이 펼쳐졌다.

아홉시. 보라색 치마가 201호 문을 열고 밖으로 나왔다. 멀리서 봐도 평소보다 화장이 진하다는 걸 알 수 있다. 어젯밤 정성껏 빗질했는지 머리도 평소보다 찰랑거린다. 계단을 내려갈 때는 천천히, 골목으로 나오고서는 조금 빨리 걸었다. 구두소리를 내면서 향한 곳은 가까운 버스 정류장이었다.

일요일 아침의 버스 정류장에는 아무도 없었다. 오늘은 휴일 운행표가 적용된다. 아홉시대에 오는 버스는 두 대뿐이다.

아홉시 십사분, 정확한 시각에 도착한 버스에 올라탔다. 차내는 텅 비어 있었다. 보라색 치마는 앞에서 세번째 1인석에, 나는 맨 뒤 긴 좌석에 각각 앉았다. 오랜만에 보라색 치마와 같은 버스를 타본다. 그것만으로도 왠지 설렜다. 버스가 목적지에 닿을 때까지 보라색 치마는 멍하니 창밖을 내다보거나, 가방에서 손거울을 꺼내 열심히 제 얼굴을 들여다보거나 했다. 언제 샀는지 새 휴대전화를 딱 한 번 꺼내더니 화면만 슬쩍 확인하고 도로 가방에 넣었다.

아홉시 사십오분, 버스가 역 앞에 도착했다. 이곳이 목적지였다. 보라색 치마는 현금을 내고, 나는 정기권을 보여주고 버스에서 내렸다.

보라색 치마가 버스 터미널과 붙어 있는 쇼핑몰로 들어갔다. 이 건물 안에 볼일이 있나 했는데, 그대로 통과했다. 1층에서 지하로 내려가고, 다시 계단을 올라 1층에서 반대쪽으로 나왔다. 일대에 음식점과 선물가게가 즐비하지만 아직 이른 시간이라 커피숍 한 곳만 빼고 전부 셔터가 내려와 있다. 보라색 치마는 유일하게 영업중인 커피숍 문을 밀고 들어갔다.

손님은 두 명이었다. 카운터에서 주인과 담소하는 회색 니트모자를 쓴 초로의 남자와, 제일 안쪽 테이블에 입구를 등지고 앉아 있는 검은색 야구모자를 쓴 남자.

야구모자 쪽이 소장이었다. 보라색 치마를 알아본 소장이 보던 신문을 접고 맞은편 자리에 둔 숄더백을 치워주었다.

평소 출퇴근 때도 들고 다니는 검은색 숄더백이었다. 보라색 치마는 자리에 앉아 카운터 너머 주인을 향해 밀크티를 주문했다. 그런 다음 소장에게 "뭐 먹었어요?" 하고 물었다. 소장이 빈 접시를 보며 "오믈렛 모닝세트"라고 말했다. 보라색 치마 역시 빈 접시를 보며 "맛있겠다"라고 말했다.

소장이 흘금 손목시계를 확인함과 거의 동시에 주인이 밀크티를 가져왔다. "시간 다 됐어"라고 소장이 말했다. "잠깐, 한 모금만요." 보라색 치마가 말하고는 찻잔을 입으로 가져갔다.

소장이 자리에서 일어나면서 테이블에 놓아뒀던 선글라스를 썼다. 내가 늘 쓰고 다니는 것과 매우 비슷하지만, 아마 훨씬 고급일 것이다. 내 건 백엔숍에서 샀으니까.

계산은 소장이 했다. 모닝세트B와 밀크티, 합쳐서 880엔.

열시 이십분, 커피숍을 나온 두 사람은 하나둘 셔터가 올라가는 거리를 팔짱을 끼고 걸었다. 소장은 두리번거리며 주위를 신경쓰는 기색이었다. 반면 보라색 치마는 당당했다. 소장이 남의 눈을 신경쓰면 쓸수록 보라색 치마는 팔짱 낀 팔에 힘을 주는 것처럼 보였다. 두 사람은 십 분쯤 걸어서 한 건물로 들어갔다. '요코다 시네마'라고 적혀 있다. 영화관이다.

열시 삼십오분, 보라색 치마는 매점에서 콜라와 팝콘을 샀다. 사오자마자 소장이 팝콘통에 손을 뻗어 냉큼 집어먹었다. 보라색 치마가 "아이참~" 했다. 소장이 하하하 웃었다. 영화관에 들어가자 소장의 표정이 이내 편안해졌다.

두 사람이 표를 산 영화는 〈스피드〉와 〈더티 해리〉 동시상영이었다. 〈스피드〉는 나도 봤던 영화다. 꽤 재미있었던 것 같다.

옛날이라 잘 기억나지 않지만.

열시 사십오분, 영화가 시작됐다. 첫번째 영화는 〈스피드〉였다. 보는 사이 조금씩 기억이 되살아났다. 폭탄이 설치된 곳이 전철인 줄 알았는데, 버스였다. 흐음, 그랬구나 하는데 마지막에 전철도 나왔다. 보라색 치마는 팝콘에는 손대지 않고 스크린만 바라봤다. 반면 소장은 시종 부산스러웠다. 팝콘을 먹었다가, 콜라를 마셨다가, 얼굴을 긁었다가, 보라색 치마의 어깨에 코를 비비며 냄새를 맡았다가(그렇게 보였다), 목운동을 했다가, 크게 하품을 했다가, 끝내 코를 골면서 잠들어버렸다. 보라색 치마는 자는 소장의 얼굴을 딱 한 번 보고는 줄곧 정면을 응시했다.

오후 열두시 사십오분, 〈스피드〉가 끝났다. 이제 십오 분 동안 휴식한 뒤 한시부터 〈더티 해리〉가 시작된다. 어떤 영화일까. 기대된다.

그런데 두 사람이 자리에서 일어났다. 화장실이겠거니 했는데 좀처럼 돌아오지 않았다. 상황을 살피러 로비로 나갔더니 창밖에 역 방향으로 걷는 두 사람의 뒷모습이 보였다. 부랴부랴 뒤를 쫓았다.

아침과 딴판으로 거리는 사람들로 북적였다. 보라색 치마는 소장에게 특기를 선보였다.

"잘 봐요" 하고는 소장을 앞질러 스케이트 타듯이 스윽스윽, 인파를 헤치고 나아갔다.

"아하하, 잘한다, 잘해." 소장이 멀리서 박수를 쳤다. 보라색 치마는 돌아보며 생긋 웃더니 소장이 다가오기를 기다렸다. 소장이 가까이 오자 또 스윽스윽 빠져나갔다. 다시 멈춰 돌아보고 생글생글 웃으면서 소장이 쫓아오기를 기다렸다. 그러기를 계속 되풀이했다. 소장은 보라색 치마가 등을 보인 사이 몇 번이나 모자를 고쳐 썼다.

오후 한시, 역 앞 서점 체인을 찾은 두 사람은 나란히 서서 책을 읽었다. 소장은 표지에 '라면 특집'이라고 적힌 월간 정보지를, 보라색 치마는 영화 잡지를 각각 들고 있었다. 보라색 치마는 자기 책은 뒷전이고 소장이 펼친 쪽만 넘어다봤다. 대화소리는 들리지 않았지만 입가에 맛있겠다, 라고 적혀 있었다. 어쩌면 점심 메뉴가 라면이 될지도 모른다.

한시 십분, 서점을 나온 두 사람이 향한 곳은 역 앞 번화가에서 한 블록 너머 골목 안쪽에 있는 24시간 영업 술집이었다. 점심은 라면이 아니었다.

소장이 "안녕하세요오" 하면서 포렴을 걷고 들어갔다. 일요일 대낮부터(일요일 대낮이니까, 라고 해야 하나) 가게 안은 손님들로 가득했다. 나는 카운터 구석에 앉았다.

여기요, 하고 소장이 종업원을 불렀다. 이거랑 이거, 이거랑, 이거. 주문은 소장 혼자 했다. 보라색 치마는 잠자코 있었다. 손님들 이야기소리에 섞여 때로 하하하 하는 소장의 웃음소리가 들려왔다. 보라색 치마의 목소리는 거의 들리지 않았다. 보아하니 소장은 이 가게 단골인 듯했다. 가게에 들어온 지 한 시간쯤 됐을 때 안쪽에 있던 종업원을 향해 여기요, 우리 늘 먹는, 톡 쏘게 매운 거 주세요, 하고 주문했다. 늘 먹는 톡 쏘게 매운 게 뭘까 했더니 멘마*였다.

소장은 벌컥벌컥 잘도 마셨다. 보라색 치마가 사와** 두 잔을 마시는 사이 생맥주를 여섯 잔 비웠다. 도중에 옆 테이블 취객한테서 "댁들은 무슨 사이신가?"라는 질문이 날아왔다. "맞혀보세요" 하고 얼굴이 불콰해진 소장이 말했다. "으음, 아빠랑 딸!" 취객이 말했다. "정답!" 소장이 말했다. 두 사람은 김치 조스이***를 주문했다. 그게 마지막이겠지 했는데 끝으로 구운 주먹밥을 한 개 더 시켰다. 젓가락으로 허물어뜨려 나눠 먹었다.

---

* 중국산 마죽의 죽순을 데친 뒤 발효시켜 건조하거나 소금에 절인 것.
** 위스키, 브랜디, 소주 등에 레몬이나 라임을 넣은 것.
*** 밥에 어패류, 야채 등을 넣어 죽처럼 끓인 요리.

네시 사십오분. 두 사람은 세 시간 반이나 먹고 마셨다. 술집을 나오자 번화가로 돌아가, 역 앞을 지나서 한눈팔지 않고 곧장 버스 터미널로 향했다. 보라색 치마는 똑바로 잘 걸었지만 소장은 보기에도 위태위태했다. 나란히 붙어 걷는 두 사람 뒤를 밟으면서 나는 자꾸 뒤돌아봤다. 조금 전 술집에서 시켜 먹은 생맥주 세 잔과 팽이버섯 버터볶음, 꼴뚜기 초절임을 계산하지 않고 그냥 나왔기 때문이다. 종업원이 쫓아오지 않을까 경계했지만, 그런 낌새는 없었다.

다섯시 일분. 버스 터미널 벤치에 앉은 소장에게 보라색 치마가 뭐라고 짧게 말을 걸었다. 그러고는 가까운 매점에서 스포츠 드링크를 한 병 사왔다. 소장 옆에 앉더니 뚜껑을 따서 건넸다. 소장이 첫 모금을 마신 다음에는 둘이 번갈아가며 마셨다.

버스가 곧바로 왔다. 다섯시 오분. 하지만 그냥 보냈다. 낯빛이 창백한 소장이 손사래 치며 보라색 치마에게 뭐라고 하소연했다. "지금 타면 토할 것 같아." 그 직후, 소장이 화장실로 달려갔다. 보라색 치마는 혼자 벤치에 앉아 스포츠드링크를 마지막으로 한 모금 마셨다. 그런 다음 고개를 숙이고 손톱을 내려다봤다. 그 모습이 내 초등학교 친구 메이와 비슷했다.

다섯시 십오분, 소장이 개운해진 얼굴로 돌아왔다. 어어, 미안, 미안, 하고 손수건으로 입가를 닦으면서 사과했다. 이번에는 보라색 치마가 화장실에 갔다. 혼자 남은 소장은 휴대전화를 만지작거리기 시작했다. 도중에 퍼뜩 고개를 들고, 얼굴과 머리를 손바닥으로 철썩철썩 더듬었다. "없네, 없어" 하면서. 소장이 옆에 놓여 있던 숄더백 지퍼를 열었다. 이번에는 "있다"라고 말했다. 꺼내든 것은 야구모자다. 곧바로 눌러썼다. 그러고 나서도 소장은 가방 안을 계속 더듬었다. 없네, 없네, 없어.

이번에는 아무리 찾아도 없었다. 소장이 찾는 것은 선글라스였다. 아까 술집 테이블 한구석에 놔두고 온 것이다. 실은 지금 내가 쓰고 있는 게 그 분실품 선글라스 되시겠다. 과연 백엔숍 물건과는 다르다. 큼직한데도 공기처럼 가볍다. 다리 안쪽에 금색으로 TOMOHIRO라는 이름이 새겨져 있다.

아무리 찾아도 나오지 않자 마침내 소장은 체념했다. 숄더백을 닫고, 선글라스를 대신하려는 듯 모자를 더욱 깊숙이 눌러썼다.

다섯시 삼십오분, 버스가 왔다. 라켓을 든 여고생들이 좌석을 점령하고 있었다. 보라색 치마가 소장에게 한 대 더 보낼지 물었고, 소장은 "타자"고 했다.

두 사람 다음다음다음으로 나도 버스를 탔다. 좁은 통로에 나란히 선 두 사람과 등을 맞대고 서는 데 성공했다. 이렇게까지

밀착하면 오히려 알아차리지 못하는 법이다. 등뒤에서 들려오는 대화는 이러했다.

보라색 치마 "조카 생일선물로 뭐 주지."

소장 "아직 안 정했어?"

보라색 치마 "응."

소장 "인형은?"

보라색 치마 "인형이라……"

소장 "한 살이라며."

보라색 치마 "그건 남자 조카고. 여자 조카는 여섯 살."

소장 "그랬던가."

그래서 어쨌다고, 싶은 얘기다. 두 사람은 지겹지도 않은지 생일선물 이야기를 장장 계속했다. 결국 '조카가 뭘 갖고 싶어하는지, 본가에 갔을 때 오빠한테 직접 물어봐야겠다'는 결론이 나왔다. '오빠'라 함은 보라색 치마의 친오빠인 듯하다.

소장에게도 내년에 초등학교 들어가는 딸이 있을 터인데, 일절 화제에 오르지 않았다. 설마 소장한테 자식이 있다는 사실을 보라색 치마가 모를 리는 없을 것이다. 나는 보라색 치마에게 본가와 친오빠와 남자 조카와 여자 조카가 있다는 사실을 처음 알았지만.

여섯시 오분, 두 사람이 버스에서 내렸다. 여느 때의 버스 정류장, 눈에 익은 풍경. 두 사람은 나보다 몇 미터 앞서 손을 잡고 걸었다. 횡단보도를 건너고 아케이드를 빠져나가 조금 더 가서 늘 다니는 빵집에 들어갔다. 보라색 치마가 쟁반을 집어 크림빵 두 개와 샌드위치 한 팩을 올렸다. 계산은 보라색 치마가 했다. 합해서 740엔.

이때까지도, 아직 누구 하나 눈치채지 못했다. 이렇게 딱 붙어 걷는 커플 중 여자가 실은 보라색 치마라는 사실을 알면 상점가 사람들은 어떤 반응을 보일까.

"있잖아, 보라색 치마가, 남자를 데리고 돌아왔어!"

상상하건대 아마 가장 먼저 알아차리는 건 지나가던 행인이 리라. 그는 허둥대며 가까운 가게로 뛰어들어가 주인에게 거친 콧바람을 뿜으며 보고한다. 주인은 옆 가게 주인에게 일러주고, 옆 가게 주인은 또 그 옆 가게 주인에게 일러준다. 손님은 물건을 사다 말고 가게 밖으로 뛰쳐나가고, 그냥 지나가던 사람도 맞은편에서 다가오는 두 사람을 위해 재빨리 길을 비켜준다. 상점가는 흡사 버진로드를 방불케 한다. 누군가 참지 못하고 "축하해요!"라고 외친다. 그때까지 간판 뒤에 숨어 있던 아이들이 통통 튀어나와 삐익 손가락 휘파람을 분다. "이거 가져가요!" 생선가게는 도미 한 마리를 통째로, 꽃집은 장미 다발을, 주류점은 한 홉들이 술병을 제각기 보라색 치마의 품에 안긴다. 어느새 대기하고 있던 방송국 카메라가 두 사람의 얼굴을 클로즈업하고, 리포터가 "현재 심경을 한말씀!" 하며 마이크를 들이댄다. 보라색 치마가 카메라를 바라보는 순간, 화면 구석에 아주 작은 틈이 생기고 일순 뭔가 비친다. 저건 뭐냐.

"앗."

"노란색 카디건이다!"

빵집을 나온 두 사람은 다시 손을 잡고 걷기 시작했다. 그대로 십 미터쯤 나아갔지만 아직 알아차리는 사람은 없었다.

두 사람은 손을 잡았다가 팔짱을 꼈다가 하면서 드러그스토어 앞을, 건어물가게 앞을, 생선가게 앞을 지나, 정육점 앞을, 과일가게 앞을, 꽃집 앞을, 주류점 앞을 차례로 지나쳤다. 지나가는 사람이든, 가게 주인이든, 장 보는 손님이든, 상점가에서는 끝내 누구 하나, 방금 눈앞을 지나간 여자가 보라색 치마라는 사실을 알아차리지 못했다.

아무도 알아차리지 못한 가운데 두 사람은 상점가를 빠져나가 밤의 주택가로 들어섰다. 그리고 그날 밤, 소장은 보라색 치마

집에서 잤다.

이튿날은 첫번째 월요일이었다.

첫번째 월요일이라는 말인즉슨 매니저가 아침 미팅에 나온다는 것이다.

"배스타월 열 장, 핸드타월 열 장, 욕실 매트 다섯 장, 커피잔과 받침 열 세트, 와인잔 다섯 개, 샴페인잔 다섯 개, 커피포트 세개."

평소와 달리 엄한 표정으로 매니저가 손에 든 메모를 읽었다.

"숙박객이 가져갔는지, 호텔 내에서 분실됐는지 확실치는 않지만……"

매니저는 여기서 말을 끊고, 우리 한 사람 한 사람의 얼굴을 가만히 휘둘러보았다. "지난달에만 이 정도 양이 없어졌습니다. 이 정도면 실수로 어디 섞여들어갔다고 생각하긴 힘들죠. 의도적으로 누가 가져갔다고 볼 수밖에 없어요. 오늘부터는 각 플로어 치프뿐 아니라 청소 스태프도 점검표를 갖고 다니면서, 입실할 때마다 반드시 기입할 것. 아시겠죠."

매니저가 자리를 뜨자 스태프들이 일제히 불평을 쏟아냈다.

"말투 좀 봐. 우릴 의심하는 거야?"

"잘난 척하기는. 이중 체크는 또 뭐야. 와서 자기 눈으로 확인하면 되잖아. 안 그래?"

"그러게 말이야, 대체 커피잔이며 와인잔이며 열 개 스무 개씩 훔쳐가서 어쩐다고? 집에서 쓰나?"

"그런 거 누가 필요하다고."

"소장이 굽실굽실하니까 매니저가 갈수록 기어오르는 거야."

"나이도 소장이 더 많잖아? 가끔가다 따끔하게 한마디해주면 좋은데."

"기대도 마. 소장 머릿속은 지금 꽃밭이니까."

"……그런데, 그거 알아? 오늘 그 두 사람 나란히 휴일인 거."

"어제도야."

"이야. 아주 대놓고 그러는구나."

"소장 '이거'가 시급 얼마 받는지 알아?"

"얼만데?"

"천 엔이야, 천 엔!"

"천 엔? 그럼 치프들보다 높잖아!"

"진짜야?"

그때까지 잠자코 듣고 있던 쓰카다 치프가 몸을 내밀었다. "소장 이거가 천 엔 받는다는 거."

진상은 확실하지 않지만 보라색 치마의 시급이 천 엔이라는 소문은 순식간에 퍼졌다. 그 결과, 본인도 모르게 적이 더욱 늘어났다. 사람들이 둘의 관계를 숙덕대기 시작한 뒤로 아무도 보라색 치마를 '히노'라고 부르지 않았지만, 이번에는 치프들을 비롯한 스태프 모두가 보라색 치마를 무시하게 된 것이다.

무시당한다고 별달리 지장이 생기지 않는 것이 이 일의 장점이기도 하다.

이미 트레이닝을 수료한 지 오래인 보라색 치마는 하루종일 누구와도 말을 섞지 않고 혼자서 자신이 맡은 일을 끝낼 수 있었다. 누군가와 커뮤니케이션할 필요가 전혀 없었다. 보라색 치마는 늘 태연한 얼굴로 지나다녔다.

스태프와 복도에서 마주쳐도 태연했다. 상대가 선배여도 마찬가지였다. 한번은 엘리베이터를 타려다가 안에서 튀어나온 보라색 치마와 부딪칠 뻔하는 해프닝이 있었다. 실제로 부딪치지는 않았지만 보라색 치마가 들고 있던 쓰레기봉투에 텅 하고 기세 좋게 얻어맞았다. 그 충격으로 나는 균형을 잃고 바닥에 엉덩방아를 찧었다. 보라색 치마는 나를 거들떠보지도 않고 아무 말 없이 자리를 떴다.

잠시 바닥의 쓰레기를 줍는 시늉을 하다가 마음을 가다듬고

엘리베이터에 탔다. 엘리베이터 안은 달콤한 향기로 충만했다. 보라색 치마가 뿌리는 향수 냄새였다. 쓰카다 치프 말로는 '썩은 바나나 냄새'라나. "소장 이거가 있던 자리는 딱 알아. 냄새가 코를 찌르거든!"

소장의 취향일까. 보라색 치마는 향수를 뿌릴 뿐 아니라 때로 매니큐어를 바르고 출근하기도 했다. 물론 금지사항이다. 보다 못한 하마모토 치프가 주의를 주자 보라색 치마는 말없이 자리를 떴다. 이쯤 되면 누가 무시하고 누가 무시당하는지 모를 일이다.

참고로 소장이 보라색 치마 집에서 자고 간 건 그날만이 아니다. 그뒤로도 몇 번 집으로 찾아왔다. 데이트한 날 그길로 자고 가기도 하고, 퇴근 후에 차를 몰고 오기도 한다. 메모를 확인해보니 지지난 주 월요일은 자고 갔다. 화요일은 자고 가지 않았다. 수요일도 자고 가지 않았다. 목요일, 자고 갔다. 금, 토, 일은 자고 가지 않았다. 이번주 들어 월요일은 자고 갔다. 화요일, 자고 가지 않았다. 수요일, 자고 가지 않았다. 목요일, 자고 갈 줄 알았는데 두 시간만 있다가 돌아갔다.

월요일과 목요일은, 자고 가고 말고에 상관없이 소장이 보라색 치마의 집에 오기로 약속돼 있는지도 모르겠다.

자고 간 다음날은 보라색 치마의 향수냄새가 한층 지독해진다. 보라색 치마가 식당 문을 열고 들어오면 스태프들은 얼굴을 찌푸리고, 코를 싸쥐고, 약속이라도 한 듯 일제히 자리에서 일어난다. 보라색 치마는 태연한 얼굴로, 막 자리가 난 6인용 테이블에 혼자 앉아 무료 제공 엽차를 마신다.

직장에서의 상황이 그랬다면, 사생활 역시 변화가 있었다. 소장과 사귀면서부터 공원에 발길을 뚝 끊은 것이다. "마유 씨 오늘도 없네!" 하며 공원에 올 때마다 아쉬운 내색을 하던 아이들은 이 주일이 지날 무렵부터는 '마유 씨'라는 이름을 입에 올리지 않게 되었다. 주력하는 놀이는 어느새 외발자전거로 바뀌었다. 아이들 모두에게 외발자전거가 있는 게 아니라 다 해서 두 대뿐이었다. 그것을 번갈아가며 타거나, 편을 갈라 공원 안에서 릴레이를 하는 등 나름 방법을 고안해서 놀았다. 릴레이가 과열되면 공원 밖으로 진출하기도 했다. 자동차가 클랙슨을 울리건, 지나가는 사람이 짜증을 내건, 아이들은 아랑곳 않고 외발자전거 릴레이를 즐겼다. 초등학교까지 갔다가 공원으로 돌아오는 코스인데, 도중에 있는 편의점 공중전화 앞에 늘 향수냄새 지독한 여자가 서 있으며, 그게 문제의 '마유 씨'라는 것을 아이들은 전혀 알아차리지 못했다.

지금 '마유 씨'의 손톱은 새빨갛고 끝이 뾰족하다. 그 뾰족한 손톱으로 '마유 씨'는 공중전화 버튼을 누른다. 누르고는 끊고, 누르고는 끊고를 되풀이한다. 누르고 끊고, 누르고 끊고, 누르고 잠깐 기다렸다 끊는다. 끊고 나서 혀를 찬다. 휴일에는 하루종일 그러고 있다. 이른 아침, 깊은 밤, 시간을 가리지 않는다. 묵묵히, 묵묵히, 질리지도 않고 누르고는 끊는다. 덕분에 나까지 소장 집 전화번호를 외워버렸다.

현재 보라색 치마는 한창 고민에 빠져 있다.

보라색 치마는 내내 혼자 고민하고 있다. 고민거리를 누구와도 나누지 못한다. 보라색 치마에게는 고민을 얘기할 상대가 없다. 보라색 치마에게는 아직 친구가 없다.

소장과의 일은 오기로라도 끝내 감출 작정인 듯하다. 직장에서 누가 반농담조로 물어보면 화내면서 부정하는 모양이다.

"안 사귄다니까요! 하더라니까."

"와하하, 방금 그 표정, 닮았다."

"그런다고 모를 줄 아나봐."

"아유, 싫다 싫어."

"걔 청소할 때 안에서 문 잠그잖아. 찝찝하지 않아? 안에서 뭘 하는지 알 게 뭐야."

"소장이 숨어 있는 거 아냐? 아하하."

"쉿."

보라색 치마가 엘리베이터에 타자 말이 뚝 끊긴다. 보라색 치마가 내리자마자 다들 다시 입을 연다.

"지독해! 썩은 바나나 냄새!"

"손톱 봤어? 완전 핏빛이야!"

"그거 알아? 매니저가 직접 경고했대. 한 번만 더 업무 수칙 어기면 자른다고."

"그냥 바로 잘라버리지. 쟤가 시급 얼마 받는지 알아?"

"얼만데?"

"글쎄, 천오백 엔이야, 천오백 엔!"

소문은 점점 커지고 부풀어갔다. 보라색 치마에 관한 소문이 나돌면 나돌수록 스태프들의 결속은 단단해지는 듯하다.

'소장 이거'가 더는 멋대로 설치게 놔둘 수 없어, 안 잘리면 단체로 본사에 몰려가 담판 짓자, 하는 이야기까지 나왔을 즈음, 사건이 일어났다.

한 초등학교 바자회에 나온 물건이 호텔 비품인 것 같다는 신고가 들어온 것이다.

신고자는 익명이었다. 곧바로 바자회 현장에 달려간 관계자가 우리 호텔에서 없어진 물건이 맞다고 확인했다. 내역을 보아하니 배스타월 열 장, 핸드타월 열 장, 욕실 매트 다섯 장…… 지난달 분실된 비품 개수와 꼭 맞아떨어졌다.

판매자는 그 학교 아이들이었다.

"저희는 대신 팔아달라고 부탁받았을 뿐이에요"라고 아이들은 입을 모아 말했단다. 용돈을 주겠다면서, 어떤 여자가……

"여러분을 의심하는 게 아닙니다."

월요일. 이달 두번째 미팅 자리에서 매니저는 평소보다 묘하게 인자한 표정으로 입을 열었다.

"객실을 드나드는 사람이 청소원 여러분만은 아닙니다. 숙박객은 물론이고 벨보이, 룸서비스, 엔지니어, 그외 전혀 관계없는 외부인이 드나들 가능성도 있죠. 나는 여러분에게, 지난번과 똑같은 얘기를 하려고 오늘 이 자리에 서 있는 겁니다. 부디 비품 개수를 체크해주세요. 그리고 누락된 물품이 있으면 신속히 상사에게 보고해주세요. 누락된 물품이 있다는 걸 알고도 보고하지 않는 사람, 점검표에 ○표를 하는 사람, 다시 말해 누락 사실을 감추려 드는 사람, 대체 왜들 그러는 걸까요? 부탁입니다. 솔직하게 말해주세요. 지금이라면 잘못을 묻지 않겠습니다. 단, 아무리 기다려도 나서는 사람이 없으면 회사측도 절도사건으로 보고 경찰에 수사를 의뢰할 수밖에 없어요. 거듭 말합니다. 지금은 잘못을 묻지 않습니다. 지배인도 같은 의견입니다. 이상입니다. 질문 있는 분은 언제든 내 PHS로 연락해주세요. 24시간 응답하겠습니다. 비밀은 지키겠습니다."

의심하지 않는다면서 완전히 우릴 의심하고 있잖아! 여느 때라면 그렇게 분개했을 치프들이 이번에는 잠잠했다. 치프들도 매니저와 마찬가지로 우리 중에 범인이 있다고 생각하는 눈치다. 치프만 그런 게 아니라 스태프 모두가 특정인에게 의심을 품고 있었다. 그럴 만한 이유가 있었다. 문제의 초등학교가 그 사람이 사는 빌라와 아주 가까웠던 것이다.

"분명히 히노 씨라고 봐."

"응, 응."

"걔네 집이 거기서 가깝잖아. 히노 씨밖에 없지 않아?"

"소장은 이 일을 알까?"

"설마 소장이 뒤에서 조종하는 건 아니겠지."

"뭐하러?"

"그야 당연히 돈이 필요해서지."

"바자회에 나가봤자 푼돈벌이밖에 안 되잖아."

"요컨대 어지간히 쪼들린다는 말인가?"

"부인이랑 이혼하는 데 필요한 거 아냐?"

"엇, 이혼한대?"

"왜, 새 여자가 생겼잖아."

"이혼은 무슨. 지난번에도 결혼 십 주년 기념으로 이시가키지마에 가족여행 다녀왔다고, 묻지도 않은 얘기를 떠벌리던걸 뭐."

"어머나. 그럼 걔는 차이는 거네?"

"소장을 골탕 먹이려고 이러는지도 모르지."

"그렇구나아. 그러면 그럴 수 있지."

"쉿. 왔다."

엘리베이터 앞에 소리 없이 나타난 보라색 치마는 여전히 태연한 얼굴이었다.

그게 맘에 들지 않았는지, 쓰카다 치프가 툭 내뱉듯이 말했다. "……좀도둑."

"뭐가요?"

보라색 치마가 소리 난 쪽으로 얼굴을 돌렸다. 오랜만에 보인 반응이었다. "전 아무것도 모르는데요."

"그래? 몰라?"

쓰카다 치프가 말했다. "자기 집 근처 초등학교에서 일어난 일인데?"

"그래서 뭐가 어쨌다는 건데요?"

보라색 치마가 쓰카다 치프를 노려보았다.

"……당신, 청소할 때 툭하면 안에서 문 잠그더라?" 그렇게 말한 이는 하마모토 치프였다.

"문 걸어잠그고, 맨날 안에서 뭘 하는데?"

"뭐긴요, 별로 하는 건……"

"뭘 하는지 물었어."

쓰카다 치프가 말했다.

"……커피 마셔요."

보라색 치마가 작은 목소리로 말했다.

"비품?"

"네."

"그게 다야?"

"……과자도 먹고."

"그러니까, 유료 과자?"

"……그런데요."

"들었어? 유료 과자래."

와아, 뻔뻔하다. 그 자리에 있던 모두가 입을 모아 수군거렸다.

"잠깐만요. 다들 그러지 않아요? 나만 그러는 거 아니잖아요. 쓰카다 치프만 해도."

"내가 뭐?"

"쓰카다 치프한테, 맨 처음 배웠거든요. 커피 마실 때는 안에서 문을 잠그라고. 유료 채널을 틀면 프런트에 들키지만, 과자 정도는 알아서 속일 수 있으니까 가끔 먹어도 된다고. 그죠, 그랬잖아요? 난 그저 배운 대로 하는 거예요."

쓰카다 치프가 한숨을 토했다.

"나 참. 이젠 남 탓으로 돌리네."

"그랬잖아요! 샴페인 마시면서 일하는 치프도 있을 정도라고, 맞다, 다치바나 치프, 당신 얘기거든요! 가방 밖으로 튀어나온 그 텀블러, 안에 샴페인 들었잖아요!"

"그걸 진담으로 들었어?"

하마모토 치프가 눈을 동그랗게 떴다. "웃겨. 당연히 농담이지!"

모두 일제히 웃음을 터뜨렸다. 다치바나 치프 본인도 배를 잡고 웃고 있다. "내가 아무리 주당이라도 그런 짓까지는 안 하거든~"

그러자 느닷없이 보라색 치마가 손을 뻗어 다치바나 치프가 들고 있던 가방을 낚아챘다.

"앗, 무슨 짓이야!"

안에서 하늘색 텀블러를 꺼내더니 뚜껑을 열고 냄새를 맡았다.

"돌려줘!"

고참 스태프 한 사람이 보라색 치마의 손에서 텀블러와 가방을 빼앗아 다치바나 치프에게 돌려줬다.

"갑자기 무슨 짓이야? 무례하게시리."

"보리차야. 술이 아니라서 유감이네."

다치바나 치프가 텀블러 뚜껑을 닫으면서 기가 차다는 듯 콧방귀를 뀌었다.

"아니, 그렇게 의심스러우면 여기 있는 사람 텀블러를 다 확인해보시지?"

쓰카다 치프가 말을 꺼냈다. "우선 내 것부터."

쓰카다 치프가 손가방에서 자기 텀블러를 꺼내 보라색 치마의 코앞에 들이댔다.

"내 것도, 자." "내 것도." "자, 내 것도." "이번엔 내 것."

너도나도 가방에서 텀블러며 페트병을 꺼내, 뚜껑을 열고 보라색 치마의 얼굴에 들이댔다.

얼굴 주위를 완전히 포위당한 보라색 치마는 꼼짝할 수 없는 지경이었다. 눈앞에 늘어선 각양각색 텀블러를 잠자코 노려볼

따름이다.

하지만 잘 보니 콧방울이 실룩거렸다. 술이 들어 있지 않은지, 하나하나 착실하게 냄새를 맡아보는 듯했다. 그 모습이 또 한번 모두의 웃음을 자아냈다.

"아니, 얘 제정신이야?"

이제 겨우 아침 아홉시가 막 지났다. 일과가 시작되기 전이다. 보라색 치마의 얼굴을 둘러싼 텀블러 가운데 술냄새를 풍기는 것은 하나도 없었다.

마지막으로, 보라색 치마가 조금 떨어진 데 있는 텀블러에 얼굴을 가져가려 했다. 웃음소리가 한층 커졌다.

"바보 아냐? 그 사람은 술에 입도 못 대거든!"

그 소리에 그때까지 아래를 보고 있던 보라색 치마가 불쑥 고개를 들었다.

"봐봐! 딱 봐도 술 한 방울 못 마실 상이지!"

일 초 남짓. 처음으로 우리의 눈길이 맞닿았다.

먼저 눈을 돌린 것은 보라색 치마였다. 뚜껑이 닫힌 텀블러로 시선을 돌렸지만, 더 가까이 가려 하지는 않았다.

"자, 이제 알았겠지?"

쓰카다 치프가 말했다. "뒤가 켕기는 짓을 하는 인간은 이중에

한 명도 없어. 그쪽 말고는."

"남의 흠을 잡기 전에 자기가 한 짓이나 순순히 인정해."

"맞아. 매니저도 지금은 잘못을 묻지 않겠다잖아."

"아니면 뭐, 우리가 신고해줘?"

"뭐야, 그 눈은?"

"불만 있어?"

보라색 치마는 꿋꿋하게 주위를 노려보았지만, 갑자기 몸을 틀어 직원용 출입구를 향해 달리기 시작했다.

"앗, 잠깐, 어디 가는 거야!"

"이제 일할 시간이거든!"

보라색 치마는 그길로 돌아오지 않았다.

그날 해 질 무렵, 나는 일을 마치고서 보라색 치마가 사는 낡은 빌라로 향했다.

당연히 집에 있겠거니 했는데 방에 불이 켜져 있지 않았다. 현관문 앞에서 귀를 기울여봤지만 안에서는 아무 기척도 들리지 않았다.

잠시 울타리 뒤에 숨어 상황을 지켜봤다. 그대로 삼십 분이 흐르고, 공원이나 가볼까 하고 일어나려는 순간, 차 한 대가 인적 없는 길을 따라 다가오는 게 보였다.

차는 빌라 앞에 멈췄다. 이제 완전히 눈에 익은 검은색 차체. 오늘은 월요일이다. 나는 수첩에 ○표를 했다.

운전석 문이 열리고, 소장이 내렸다. 둥그스름한 그림자가 빌라 바깥계단을 천천히 올라갔다.

소장이 2층 맨 끄트머리 집 앞에서 발을 멈추고, 살짝 문을 두드렸다. 그러기를 십 분쯤 계속했을까. 캄캄하던 창문이 갑자기 환해졌다. 문이 열리고, 그 틈으로 보라색 치마의 얼굴이 빼꼼히 드러났다. 뭐야, 집에 있었나.

한두 마디 오가고, 소장이 집안으로 들어가려 했다. 그러자 보라색 치마가 앙칼진 투로 제지했다. "멋대로 들어오지 마요!"

뒤이어 이시가키지마가 어쩌고저쩌고 하는 말이 들려왔다. 예의 결혼 십 주년 기념 여행 건이다. 아무래도 오늘 아침 치프들의 뒷담화를 듣고 처음 그 사실을 안 모양이다.

"그게 지금 무슨 상관이야!"

소장이 소리질렀다.

"상관있지!"

보라색 치마도 소리질렀다.

"그런 얘기 하려고 온 거 아니라고!"

이건 소장.

"그럼 뭐하러 왔는데!"

이건 보라색 치마.

"도난품 때문이야."

여기서 소장이 목소리를 낮추었다.

"당신까지 날 의심하기야?"

"솔직히, 네 집에……"

소장은 보라색 치마의 집안을 흘금 들여다보았다.

"네 집에 있잖아. 잔도 있고, 유리컵도……"

"그건 내가 쓰는 거야." 보라색 치마가 말했다. "가져다 팔지는 않는다고."

"게다가 봐봐, 도난품이 팔린 초등학교가 바로 이 근처잖아."

"그런 짓 안 한다니까!"

"쉿, 조용히 해. 진정하라고."

"다른 사람이 바자회에 내놨을 거란 생각은 왜 안 하는데? 왜 나라고 단정하는데? 이제 마음이 식은 거지, 그래서 그런 거지! 그러니까 부인이랑 이시가키지마 여행이나 가고."

"이시가키지마 얘기가 지금 왜 나와!"

철썩 소리가 났다. 소장이 보라색 치마의 뺨을 때린 것이다.

"아얏!"

보라색 치마가 비명을 질렀다. "아파! 아프다고!"

"미, 미안, 잘못했어. 미안해. 제발 조용히 하고, 잠깐만 내 말좀 들어봐. ……실은 나도 의심받는단 말이야. 우리 관계를 어림 짐작하고, 둘이 짠 거 아니냐고 뒤에서 숙덕거려. 나 원 황당해서. 말이 되냐고, 내가 왜 바자회 따위에…… 어이구, 난감해. 애먼 사람 잡겠어."

"애먼 사람 잡다니……"

"그렇잖아. 내가 뭣 때문에 찾아왔는지 알 거 아냐. 어? 몰라? 그럼 말해줘? 증언해달라고 왔어!"

"증언?"

"그래. 난 관계없다고, 전부 혼자 저지른 일이라고 매니저한테 증언해줘."

"뭐어?"

보라색 치마의 목소리가 한층 커졌다. "난 아무 짓 안 했어!"

"아니, 거짓말이야."

"거짓말 아냐!"

"거짓말이야, 거짓말하지 마! 너 평소에도 동네 초등학생들한테 호텔 과자며 과일을 나눠줬잖아. 그것도 다 비품이라고. 아니, 엄밀히 말하면 숙박객들 거야. 넌 숙박객 물건을 훔쳐다 초등학생한테 부정 유출했다 그거야. 바자회에서 컵이며 타월을 판 것도 초등학생들이고. 알아? 걔들이 그랬다잖아, 어떤 여자가 부탁했다고. 당연히 알 텐데?"

"몰라! 몰라!"

"넌 종업원 위치를 이용해서 물건을 멋대로……"

"시끄러, 시끄러워! 뭐가 종업원 위치야! 갑자기 상사 행세하지 마. 뭐야, 나라고 아는 게 없는 줄 알아? 당신, 예약 취소된 객실에서 매일 낮잠 자잖아. 안에서 문 잠그고, 일어나면 비품 커피 마시고, 쓰고 난 커피잔은 그냥 놔두잖아."

"그게 뭐. 그 정도는 누구나 해."

"또 있어. 언제였지, 배우 이가라시 레이나가 묵었을 때, 당신 이가라시 레이나 속옷 훔치지 않았어?"

"엇……"

"역시 그랬네! 이가라시 레이나 객실 앞에 웅크리고 앉아서 꾸물거리길래 뭘 하나 했어. 문고리에 걸려 있던 세탁물 주머니를 열고 뭘 찾고 있었지. 그러더니 안에서 하늘하늘하고 빨간 쪼가리를 꺼내 바지 주머니에 넣었어! 그거 팬티 맞지? 세상에! 이럴 수가! 저질! 변태! 변태!"

"그, 그만해!"

"변태! 변태! 변태 자식!"

"그만하라니까!"

"아파! 이거 놔! 어차피 이렇게 된 거 다 불어버릴 거야! 부인한테도, 본사에도, 매니저한테도!"

"그만둬!"

소장이 보라색 치마의 어깨를 붙들었다.

"그만둬! 그만둬! 그런 짓 하면 가만 안 둬!"

소장이 보라색 치마의 목을 우둑우둑 소리 날 정도로 세차게 흔들어댔다. 하지만 보라색 치마도 가만히 당하고 있지는 않았다. 틈을 봐서 손을 풀더니, 자세를 낮추고 소장의 배를 퍽퍽 때리기 시작했다. 소장이 억 하고 신음하며 비틀대는 사이, 고환을 걷어차고 따귀까지 후려쳤다. 소장은 바깥복도 난간을 양손으로 붙들고 자세를 가다듬으려 했다. 하지만 녹슬고 삭은 난간은 소장의 체중을 버틸 힘이 없었다. 삐거덕 소리를 내면서 뿌리가 부러지더니, 소장은 땅바닥으로 곤두박질쳤다.

급소를 부딪혔는지, 소장은 갈색 흙바닥 위에 널브러진 채 꿈쩍도 하지 않았다.

보라색 치마가 덜덜 떨면서 계단을 내려왔다.

"도, 도모……"

널브러진 몸 옆에 무릎을 꿇고, 손을 뻗었다.

"도모…… 도모……"

소장의 이름을 부르며 어깨와 등을 흔들었다.

"도모…… 도모…… 도모…… 저기, 도모, 정신 차려, 응, 도모! 도모! 도모! 도모! 도모, 좀!"

"쉿. 조용히 해."

내가 말했다.

보라색 치마가 내 쪽을 바라봤다. 하얗게 질린 얼굴이 눈물과 콧물 범벅이었다.

"내가 좀 볼게."

나는 소장과 보라색 치마 사이에 쭈그려 앉았다.

우선 소장의 오른손목을 들어올리고, 그런 다음 왼손목을 들어올렸다. 소장의 턱밑에 두 손가락을 갖다대고, 입가로 귀를 가져갔다. 보라색 치마는 멍하니 그 모습을 바라보고 있었다. 나는 잠시 침묵한 뒤 고개를 들고 말했다.

"이거 안타깝지만, 죽었는데."

보라색 치마가 뭐라고 중얼거렸다. 알아듣지 못할 정도로 작은 목소리였다. 거짓말……이라고 말한 것 같았다.

"거짓말…… 거짓말이야……"

"급소를 부딪혔나봐. 심장이 완전히 멎었어."

"아냐…… 안 돼, 안 돼, 거짓말이야, 그치, 거짓말이지. 거짓말이야, 거짓말이야."

나는 고개를 가로저었다. "안타깝지만."

"안 돼, 안 돼! 도모, 부탁이야, 눈떠! 도모!"

보라색 치마가 소장의 몸을 다시 거세게 흔들기 시작했다. 나는 그 손목을 붙잡으며 "그런다고 소장이 되살아나진 않아!"라고 말했다.

"정신 바짝 차리고, 현실을 봐. 소장은 죽었어. 자기가 할 일은 죽은 소장을 되살리는 게 아니야. 자기가 해야 할 일은, 지금 당장, 여기서 도망치는 거야."

"도망……?"

"그래." 내가 고개를 끄덕였다. "우물거릴 때가 아니야. 좀 있으면 경찰이 올 거야."

"경찰……?"

"아까, 이웃에 사는 사람이 자기 비명소리를 듣고 신고했어. 도망쳐야 돼. 경찰이 오기 전에."

"저, 저기……?"

"글쎄, 어서!"

"그, 그래도."

"그래도가 아냐! 잘 들어. 지금부터 버스 정류장까지 뛰는 거야. 여덟시 이분에 고모리 차고행 버스가 있으니까 그걸 타. 사분 밖에 안 남았지만 자기는 육상부원이었으니까 전력질주하면 시간을 맞출 수 있을 거야. 예정대로 역 앞에 도착하면 여덟시 삼십사분. 그다음에 전철로 갈아타는 거야. 특급 야마사카행을 찾아서 타. 야마구치의 야마山에 오사카의 사카阪 해서 야마사카. 서쪽 출구 코인로커에 검은색 가방이 들어 있으니까 가져가는 거 잊지 말고. 가방 안에 동전지갑이랑 타월이랑 이삼일쯤 갈아입을 옷이 들어 있어. 동전지갑 안쪽 포켓에 작게 접은 오천엔짜리 지폐가 있으니까 표는 그걸로 사고. 로커 안에 그거 말고도 보스턴백이랑 커다란 배낭이랑 마트 비닐봉투랑 여러가지가 있는데, 내가 나중에 전부 가져갈 테니까 그냥 놔둬."

"저, 저기……"

"나도 같은 전철을 타고 가고 싶지만, 내 다리로는 아무리 용을 써도 여덟시 이분 버스를 못 타. 걱정 마, 이십이분 버스를 타고 따라갈 거니까. 전철도 자기보다 한두 대 늦게 탈 거야. 괜찮아. 금방 뒤쫓아갈게. 이럴 땐 둘이 같이 움직이는 것보다 따로 움직이는 게 눈에 띄지 않을 테고. 아, 배고프면 동전지갑에 있는 돈으로 도시락이라도 사먹어. 그외에는, 아, 맞다, 내리는 역이름을 알려주지 않았구나. 특급이니까 중간에 세 번밖에 안 서. 자기가 내릴 역은 세번째 산도쿠지역. 3에 '산'이니까, 외우기 쉽지? 개찰구 나가면 바로 눈앞에 다카기호텔이라는 비즈니스호텔이 보일 거야. 말이 비즈니스호텔이지, 화장실과 욕실이 공용인 간이 숙박업소지만. 오늘밤은 거기 있을래? 체크인하고 먼저 자고 있어도 돼. 아 참, 이거 주는 걸 깜빡했네. 이거, 이거, 코인로커 열쇠. 가방 꺼내고 잘 잠가둬. 열쇠는 어디 감춰두느냐 하면, 음, 그래, 공중전화가 좋겠다. 코인로커 바로 옆에 초록색 공중전화가 한 대 있어. 그 밑에 비치된 〈타운 페이지〉* 한가운데쯤에 끼워두면 돼."

"아니, 그……"

"낯선 곳이라 불안하겠지만 오늘밤은 푹 자고 체력을 회복해. 내일 아침 일자리부터 알아보자. 숙식이 제공되는 일자리를 둘이 같이 구석부터 샅샅이 뒤져보는 거야. 그런 얼굴 할 것 없어. 바로 일을 못 구해도 내 보스턴백에 웬만한 생필품은 다 들어 있

---

* 업종별 전화번호부.

으니까. 식재료, 갈아입을 옷, 돈, 뭐 그리 많지는 않지만……
당분간 둘이 생활하기에 곤란하지 않을 정도는 돼."

"아뇨, 저기, 그게 아니라, 왜……"

"응?"

"왜, 곤도 치프가 이렇게까지……"

어느새 보라색 치마의 눈물이 멎어 있었다. 작고 동그란 두 눈
이 내 얼굴을 똑바로 보고 있다.

나는 가만히 고개를 가로젓고 곤도 치프가 아냐, 라고 말했다.

"난, 노란색 카디건이야."

당신이, 노란색 카디건?

보라색 치마가 그렇게 말한 것 같았다.

실제로는 아무 말도 하지 않고 내 눈을 바라봤을 뿐이다.

나는 가만히 손을 뻗어, 눈앞에 있는 보라색 치마의 코를 살짝
쥐었다.

"……자, 어서 가. 걱정 마. 나도 곧 뒤따라갈게."

"하지만."

"어서 가라니까. 버스 시간까지 이제 삼 분밖에 없어!"

보라색 치마는 내가 가리킨 손목시계를 보더니 마침내 몸을
일으켰다. 발밑에 널브러진 소장이 신경쓰이는지 시선이 계속

아래를 향했지만 "이제 이 분!" 하는 소리에 퍼뜩 고개를 들었다. 버스 정류장 쪽으로 달려가나 싶었는데, 무슨 일인지 곧장 유턴해서 돌아왔다.

"뭐야, 왜 그래, 얼른 가래도."

"돈이……"

"뭐?"

"돈, 가져올게요. 버스비가 있어야 버스를 타죠."

"됐어, 그냥 이걸 써!"

"이건?"

"보면 알잖아, 정기권이야! 얼른 서둘러! 이제 일 분!"

보라색 치마는 초고속으로 달려 사라졌다.

잠시 후 사이렌이 들려서, 나도 자리를 떴다.

그때부터가 또 보통 일이 아니었다.

정기권을 건네준 바람에, 나는 돈이 될 만한 것을 찾으러 일단 집으로 돌아가야 했다.

숨차게 도착한 집 현관문에는 큼직한 자물쇠가 채워져 있었다. 할 수 없이 가까이 있던 화분으로 창문을 깨고 들어갔다.

다행히 방의 상태는 내가 나왔을 당시 그대로였다. 창가에 이

불과 텔레비전이 놓여 있고, 휑한 방 한복판에 비닐봉투 몇 장이 나뒹굴었다. 전기는 끊긴 듯했다. 형광등 줄을 잡아당겨도 타닥타닥 허무한 소리만 났다. 집을 비우라는 최고장이 재판소에서 날아온 게 지난주 목요일이고, 그 다음날 역 앞 PC방으로 피신했다. 그때 귀중품은 물론이고 의류, 세면도구, 식료품에 냄비까지, 어지간한 생필품은 다 추려서 역 코인로커에 보관했다. 코인로커 사용기한은 사흘. 오늘 아침 짐을 꺼내서 다른 로커로 옮기는 작업을 마친 참이었다.

부피가 엄청났지만 집에 있던 물건을 전부 담지는 못했다. 코인로커에 들어가지 않는 사이즈는 포기하고, 사는 데 별 지장 없을 것들은 그냥 두고 나왔다.

두고 온 물건 가운데 현금화할 만한 게 있지 않을까, 분명히 있을 텐데…… 어둠 속을 더듬으며 찾기를 몇 시간, 마침내 천장쪽 벽장 깊숙이에서 '추억'이라고 적힌 빈 과자통을 발견했을 때는 이미 막차 시간이 지나버렸다.

이러느니 역까지 걸어가는 편이 빨랐겠다고 생각하면서 통을 열었다. 야자수 모양 열쇠고리와 애니메이션 엽서, 그리고 옛 만국박람회 기념주화 하나가 들어 있었다.

이튿날, 기념주화를 움켜쥐고 아침 첫 버스를 탔다.

몇 번을 투입구에 넣어봐도 기념주화는 그냥 떨어졌다. 초조함에 주화를 떨어뜨린 나를 운전기사가 미심쩍은 눈초리로 빤히 바라보더니, 잠자코 한 손을 내밀어 주화를 받아갔다.

'TSUKUBA EXPO85'라고 적힌 오백 엔짜리 주화를 운전기사가 찬찬히 살펴보았다. "……희귀한 거네." 한마디 중얼거리고는, 자기 물건으로 보이는 가방을 더듬어 지갑에서 백 엔짜리 동전 다섯 개를 꺼내 기념주화와 교환해주었다. 영락없이 "이런 거 못 써요"라는 호통이 날아들 줄 알았던 나는 가슴을 쓸어내렸다. 버스비 이백 엔을 내고, 삼백 엔 남았다.

역에 내리자마자 공중전화부터 찾았다. 전화대 선반에 〈타운 페이지〉가 세 권 쌓여 있었다. 위부터 차례로 확인하려고 손을 뻗다가 그럴 필요가 없다는 걸 깨달았다. 문득 오른쪽을 보니 내 짐이 들어 있던 로커에 열쇠가 꽂혀 있었다.

열어보니 안이 싹 비어 있었다. 보라색 치마가 무사히 짐을 꺼내간 모양이다.

난처한 사실은 내가 말한 검은색 가방만이 아니라 보스턴백과 큰 배낭 등, 그냥 두라고 당부한 짐까지 싹 꺼내갔다는 거다.

내 설명이 너무 빨라서 알아듣기 힘들었나? 그 짐을 다 바리바리 싸들고 특급을 탄 모양이다.

나는 티켓 발매기 옆에 서서 착하게 생긴 여자를 골라 접근했다. "백 엔만 주실래요?"라고 세 명한테 시도했는데 웬걸, 세 명다 순순히 백 엔짜리 동전을 내 손바닥에 올려주었다.

네 명째에 사람을 잘못 골랐다. 언뜻 착해 보이던 여자는 "역무원 부를 거예요"라고 받아쳤다. 나는 두말 않고 도망쳤다. 특급 요금 사천이백 엔을 모으는 게 목표였지만 별수없다. 손에 쥔것으로 어떻게든 헤쳐가는 수밖에. 발매기에서 제일 짧은 구간 티켓을 끊고, 아침 일곱시 이십분 출발 보통열차를 탔다.

거기서 목적지 산도쿠지역에 도착하기까지 무려 여섯 시간이나 걸렸다. 갑자기 아픈 승객이 나온데다 운 나쁘게 신호기 고장이 겹친 탓이다. 도중에 다섯 번 갈아타면서도 티켓 검사에 한번도 걸리지 않았던 건 행운이었다. 오후 한시 이십오분, 드디어 내린 산도쿠지역은 무인역이었다. 개찰구에 놓인 나무상자에 티켓을 넣고, 약속장소 '다카기호텔'로 향했다.

다카기호텔의 프런트맨은 낮잠을 자고 있었던 모양이다.

벨을 오십 번쯤 누른 후에야 칸막이 너머에서 하품하면서 나왔다. 내 문의에는 "그런 분은 숙박 안 하셨는데요"라고 말했다.

"그럴 리 없어요." 내가 말했다. "어젯밤, 늦어도 열한시에는 체크인했을 텐데요."

어젯밤 보라색 치마가 여덟시 이분 버스 시간을 맞추었고 순조롭게 특급을 탔다면, 열시 오십분에는 산도쿠지역에 도착했을 것이다. 방이 없는 게 아니었다면 보라색 치마는 틀림없이 여기 묵었을 터다.

프런트맨은 귀찮은 듯이 표지에 손글씨로 '숙박객 명부'라고 적힌 노트를 넘겼다.

"어젯밤 오신 남자 손님이 하나, 둘, 셋…… 다섯 명뿐이고요. 여자분은 한 명도 없어요."

"없다고요?"

"네."

"정말로?"

"네."

"그럼 그 사람은 지금, 어디 있어요?"

"모르죠."

머릿속이 하얘졌다. 혹시 잘못해서 다른 역에서 내렸나? 아니면 곧바로 뒤따라간다는 말을 믿고 플랫폼 같은 데서 기다렸는데, 아무리 있어봐도 오지 않으니까 화나서 숨어버린 건가?

나는 역 주변뿐 아니라 시내를 구석구석 찾아다녔다. 차마 파출소에 가지는 못했지만 가게에 들어가서도 물어보고 행인들에게도 물어봤다.

"이 주변에서 어떤 여자 못 보셨어요? 서른 살 전후에 머리가 긴 여잔데요."

옷은요? 하는 질문에 "보라색 치마를"까지 말하다 입을 다물었다.

어젯밤 보라색 치마가 어떤 색의 어떤 옷을 입고 있었는지 도무지 기억나지 않았다.

보라색 치마는 대체 어디로 가버렸을까.

아직도, 행방을 알 수 없다.

며칠 전 신입이 또 한 명 들어왔다. 이번엔 경력자인 모양이다. 일은 빨리 배우는 듯했지만 곧 '인사 소리가 작다'며 고참 스태프들이 뒤에서 불평했다. 여느 때와 같은 패턴이라면 치근치근 시달리다가 한 달도 못 채우고 그만둘 것이다. 누가 발성연습이라도 시켜주면 좋으련만, 하필 연극부원 출신인 소장은 아직도 입원중이다.

일전에 다 같이 소장 문병을 갔다. 한꺼번에 몰려가면 오히려 민폐일 테니 사다리를 타서 갈 사람을 정했다. 나를 포함해 네

명이 뽑혔는데, 어째서인지 쓰카다 치프 등 떨어진 사람들도 따라나섰다.

소장이 입원한 곳은 호텔에서 걸어서 십 분쯤 걸리는 재활치료 전문 병원이었다.

병실 문을 열어보니 네 개의 침대 중 두 개가 비어 있었다. 남은 한 침대에는 야윈 할아버지가 드러누워 천장에 달린 소형 텔레비전을 보고 있었다.

잠시 기다리자 소장이 부인과 함께 돌아왔다.

"소장님! 이제 걸을 수 있어요?"

쓰카다 치프가 달려가 소장을 얼싸안으려 했다.

"엇, 엇, 위험해."

균형을 잃을 뻔한 소장을 부인이 붙들었다.

"다행이다아. 걱정했잖아요오."

쓰카다 치프가 소장의 손을 잡고 세차게 흔들었다.

"아, 아파, 아프다고. 뭐야, 다 같이 우르르 오고, 대체 무슨 일이죠?"

"무슨 일이라뇨, 당연히 문병 왔죠."

쓰카다 치프가 당당하게 말했다.

"여기까지 발걸음해주시고, 감사합니다."

부인이 머리를 숙였다.

"전화라도 하고 오지 그랬어요." 소장이 말했다.

"했는데 안 받았어요." 쓰카다 치프가 말하고는 부인 쪽으로 몸을 돌렸다.

"생각보다 좋아 보여서 안심이네요."

"네, 덕분에." 부인이 미소 지었다.

부인한테 쥐여산다는 말은 헛소문이었나. 민낯에 겸손한 인상의 부인은 병실에 들어올 때부터 줄곧 소장의 몸에 손을 얹고 있었다.

"안색도 좋은데, 내일 당장 복귀할 수 있는 거 아니에요?"

하마모토 치프가 말했다.

"말도 안 되는 소리 마요."

소장이 지팡이를 부인에게 건네고, 쓴웃음을 지으며 침대 위에 몸을 털썩 내려놓았다.

"퇴원은 언제 할 수 있대요?" 다치바나 치프가 물었다.

"다다음 주 수요일." 소장이 대답했다.

"잘됐네요!"

"아니, 그래도 당분간은 지팡이 신세고, 통원 치료도 해야 하고, 정식 복귀는 언제가 될지……"

"사무는 볼 수 있잖아요. 다리에 붕대 감은 사람한테 누가 힘쓰는 일 시킬까봐요?"

쓰카다 치프가 말했다.

"뭐 그렇기는 해도……"

"다들 소장님이 그립대요. 소장님이 안 계시니까 매니저가 매일 미팅에 나오는 바람에. 완전, 아침부터 무겁고 칙칙하다고요. 그렇지, 다들?"

쓰카다 치프가 동의를 구하자 스태프들이 웃으며 고개를 끄덕였다.

"그런데…… 매니저가 무슨 말 안 해?"

소장이 말했다.

"무슨 말요?"

"아니, 그……"

"그 여자 말이에요?"

소장이 고개를 끄덕였다.

"경찰에 맡겼다고만 해요."

"그렇군, 경찰에……"

소장이 미간을 찌푸렸다.

"첫 미팅 자리에서 그러더라고요. 앞으로 남은 일은 전부 경찰에 맡겼다고. 우리는 소장님이 하루빨리 회복하기만 믿고 기다리자고."

"그렇군."

"아무튼 다행이다. 이렇게 빨리 퇴원이 결정되다니."

다치바나 치프가 말했다. "건물 2층에서 떨어져서 입원했다는 얘기 들었을 땐 이대로 초상나는 줄 알았단 말이에요."

"아이, 다치바나 치프도 참, 그런 험한 말을."

하마모토 치프가 다치바나 치프의 팔을 쿡 찔렀다.

"아하하, 농담이야, 농담."

"아냐, 나도 죽었나 했어요." 소장이 말했다. "눈뜨니 병실이 잖아, 사방이 새하얗고, 한순간 여기가 천국인가 했네."

"정말 운이 좋았어요, 뇌진탕과 골절 정도로 넘어가서."

"여러분께 걱정과 폐를 끼쳤습니다."

부인이 다시 고개를 숙였다.

"폐라뇨, 무슨!" 쓰카다 치프가 손사래 쳤다. "소장님은 피해자잖아요!"

"그래요! 계속 그 여자한테 스토킹을 당한 거잖아요?"

"우린 아무것도 모르고, 둘이 자주 같이 있기에 친해 보이네~ 했죠. 혹시 사귀기라도 하나~ 하고. 아, 죄송해요, 사모님도 계신데."

"괜찮아요." 부인이 고개를 가로저었다. "이이도 강하게 말하지 못했던 모양이니까요."

"어떻게 말해. 데이트 안 해주면 와이프랑 딸한테 해코지하겠다고 협박하는데."

"세상에…… 진짜 최악이야."

쓰카다 치프가 말했다.

"괜찮으셨어요?" 조금 머뭇거리면서 하마모토 치프가 부인에게 물었다. "위험한 일은 없으셨는지……"

"네. 말없이 끊는 전화가 매일 걸려오긴 했지만, 지금 생각하면 그 정도로 넘어간 게 다행이에요. 저는 둘째 치고 딸애한테 무슨 일이 있었더라면……"

"맞아, 내 말이. 목숨을 보전했으니 이런 말도 할 수 있지만, 사고를 당한 게 당신이나 아리사가 아니라 천만다행이야. 내가 떨어졌으니 망정이지."

"그런 말 하지 마요."

"그래요, 2층에서 떨어진 게 뭐가 다행이겠어요. 전부 그 여자 잘못이에요. 스토킹으로 모자라 도둑질까지."

"아니야, 나도 반성하고 있어. 그때 혼자 집으로 찾아가는 게 아니었는데."

"소장님이 착해서 그런 거죠. 아직 늦지 않았다고 설득하러 간 거잖아요."

"그래, 용기가 나지 않으면 매니저한테 나도 같이 가서 사과하겠다고."

"그랬더니."

"버럭 화를 내면서."

"건물 2층에서."

"……인간도 아니야."

병실에 침묵이 깔렸다. 할아버지는 텔레비전을 보다가 잠들어버린 모양이었다. 이어폰에서 흘러나오는 흐릿한 소리와 드르렁 드르렁 규칙적으로 코 고는 소리가 들려왔다.

침묵을 깬 건 부인이었다.

"어머! 나 좀 봐, 깜빡하고 의자도 권하지 않았네요. 지금 간호사실에 가서 빌려올게요."

"아, 아니에요, 괜찮아요, 금방 갈 거예요." 쓰카다 치프가 말했다.

"이거, 꽃이고요." 하마모토 치프가 오는 길에 산 카틀레야 꽃다발을 내밀었다.

"푸딩이에요." 다치바나 치프가 종이가방을 내밀었다.

"감사합니다, 이렇게 신경써주시고. 급한 일 없으면 좀더 계시다 가세요. 차라도 좀 내올게요."

"아뇨, 정말 괜찮아요."

"이이도 말 상대가 저뿐이라 따분할 테고요."

"그래요. 다들 천천히 놀다 가요." 소장이 말했다.

"그럼, 제가 도울게요. 간호사실에서 의자 빌려올게요."

"나도."

"나도."

"난 차 끓이러."

"이 꽃병, 써도 돼요?"

"고맙습니다. 아, 탕비실은 이쪽이에요."

부인을 비롯해 쓰카다 치프 등이 찰싹찰싹 슬리퍼소리를 내면서 복도로 나갔다.

병실이 다시 조용해졌다. 미닫이문이 소리 없이 느리게 닫히자, 소장이 후우 하고 긴 한숨을 뱉었다.

"소장님."

내가 말했다.

"우아, 깜짝이야. 곤도 씨, 언제 와 있었어?"

"아까부터 계속 있었는데요."

"그, 그랬군요. 아이고, 놀라라. 자, 어서 앉아요."

소장이 벽에 딱 하나 세워져 있던 파이프의자를 권했다. 나는 의자를 펼치고 앉았다.

"다시 한번, 소장님."

"뭐, 뭔데. 왜 그래요? 무서운 얼굴을 다 하고."

소장이 몸을 살짝 뒤로 뺐다.

"소장님. 우리끼리 이야기 좀 해도 될까요?"

소장이 침을 꿀꺽 삼켰다. "……뭔데요?"

"소장님께 긴히 부탁할 일이 있습니다."

"……그러니까, 뭐냐고요."

나는 소장에게 고개를 숙였다.

"부탁합니다!"

"왜, 왜 그래요, 응?"

"시급을, 올려주세요!"

"네?"

소장이 말했다.

"부탁합니다…… 그리고 월급도, 좀 가불해주세요! 부탁입니다! 소장님!"

"아니, 아니, 잠깐만요. 갑자기 뭐예요, 난처하게. 이런 데서 할 이야기가 아니잖아요."

"부탁합니다! 소장님!"

"잠깐 있어봐요! 자, 고개 들고. 미안하지만 돈 문제는 나 혼자 결정할 수 없어요. 본사와도 상의해야 하고, 곤도 씨 시급을 올리면 다른 치프들도 올려줘야 하잖아요."

"그건 소장님이 어찌어찌 해주시면 될 일이고요. 할 수 있잖아요, 소장님이라면!"

"할 수 있기는! 그렇게 간단한 일이 아니에요. 뭣보다 승급에는 심사가 필요해요. 평소 업무태도가 어지간히 좋지 않으면 심사를 신청할 수 없어요. 가령 곤도 씨가 심사에 올라갔다 해도, 본인 생각에 통과할 것 같아요? 지각, 조퇴, 무단결근, 당신 말이죠, 지금껏 잘리지 않은 게 신기할 정도라고요. 걸핏하면 일하다 말고 사라지지 않나, 다른 스태프들한테서 얼마나 클레임이 들어오는지 알아요? 승급은 없어요, 없습니다."

"그렇다면, 돈 좀 빌려주세요."

"네에?"

"부탁입니다. 저 지금 빈털터리라고요."

"왜 내가 당신한테 돈을 빌려줘야 하는데?"

"왜냐면 상사니까요."

"관계없잖아요."

"저 지금 정기권도 없어요."

"알 바 아니에요, 그런 거."

"매일 걸어온다고요. 그것도 PC방에서."

"네? 집은 어쩌고?"

"월세를 못 내서 쫓겨났습니다."

"아니……"

"부탁입니다, 소장님."

"아니, 아니, 그거랑 이건 다른 문제지! 고생하는 건 알겠지만, 나도 어떻게 해줄 수 없어요."

"그러니까 부탁하잖아요, 소장님."

"안 되는 건 안 된다고요! 난처하네. 평소엔 말 한마디 없다가 웬일로 입을 열었나 했더니 돈 빌려달라는 소리나 하고. 부끄럽지 않아요, 응? 다 큰 어른이 돼가지고는, 사람이 예의를 지킬 줄 알아야지, 아, 그, 가족이나 친척한테는 부탁해봤어요? 곤도 씨, 고향이 어디였더라?"

"소장님."

"안 된다니까."

"이가라시 레이나 팬티 훔친 거, 아무한테도 말 안 할게요."

"엇……"

"약속할게요. 절대로, 아무한테도 말 안 합니다."

"……"

잠시 침묵이 흐른 후, 소장이 나지막한 소리로 중얼거렸다.

"……생각해볼게요."

"감사합니다! 살았어요!"

그 무렵 두 사람이 차를 끓이러 간 탕비실은 전혀 다른 화제로 들떠 있었다. 정말요? 축하드려요오! 쓰카다 치프가 외치는 소리가 병실까지 들려와 무슨 일인가 했다. 듣자 하니 소장이 내년에 두 아이의 아버지가 된단다. 부인의 뱃속에 막 새 생명이 깃든 참이라나.

오늘은 아침부터 시간이 넘쳐났다.

빨래를 널고, 청소하고, 텔레비전을 보면서 아침을 먹고, 잠깐 드러누웠다가, 상점가로 장을 보러 갔다.

상점가에서 드러그스토어와 주류점과 빵집을 돌았다. 돌아오는 길에 공원에 들러 남쪽에 늘어선 세 개의 벤치 중 제일 안쪽에 앉았다.

거기는 보라색 치마의 전용석이다.

신경써서 보지 않으면 누가 멋대로 앉아버린다.

그래서 내가 앉기로 했다. 벤치 자리를 서로 양보합시다, 라고 적힌 간판이 서 있지만 지금껏 뭐라고 항의를 받은 일은 없다. 언젠가 누가 어깨를 탁! 치고는 "거기 내 자리인데요"라고 말한다면. 서 있는 이가 이 자리의 진짜 주인이라면. 그때는 기꺼이 양보할 생각이다.

물건이 든 봉투를 옆에 놓고 크림빵 봉투를 꺼냈다. 빵은 살짝 따뜻하다. 우선 반으로 갈라서, 한쪽을 무릎 위에 내려놓고 다른 한쪽을 입으로 가져가려는 바로 그 순간, 탁! 하고 누가 어깨를 때렸다.

절묘한 타이밍에 내 어깨를 때린 아이가 꺅꺅 웃으면서 도망 갔다.

지은이 **이마무라 나쓰코**
1980년 히로시마 출생. 2010년 첫 작품 『여기는 아미코』로 다자이 오사무 상을 수상
하고 이듬해 미시마 유키오 상까지 수상하며 문단의 주목을 받았다. 2016년 소설집
『오리』로 가와이 하야오 이야기상을, 2017년 『별의 아이』로 노마문예신인상을 수상
했다. 2019년 『보라색 치마를 입은 여자』로 제161회 아쿠타가와상을 수상했다.

옮긴이 **홍은주**
이화여자대학교 불어교육학과와 동 대학원 불어불문학과를 졸업했다. 일본에 거주하
며 일본어와 프랑스어 번역가로 활동하고 있다. 옮긴 책으로 『인간 실격』『도시와 그
불확실한 벽』『일인칭 단수』『기사단장 죽이기』 등이 있다.

문학동네 세계문학
보라색 치마를 입은 여자

1판 1쇄 2020년 4월 10일 | 1판 3쇄 2025년 8월 1일

지은이 이마무라 나쓰코 | 옮긴이 홍은주
책임편집 양수현 | 편집 황문정
디자인 최윤미 유현아 | 저작권 박지영 형소진 오서영 조경은
마케팅 정민호 서지화 한민아 이민경 왕지경 정유진 정경주 김수인 김혜원
        김예진 나현후 이서진
브랜딩 함유지 박민재 이송이 김희숙 박다솔 조다현 김하연 이준희
제작 강신은 김동욱 이순호 | 제작처 한영문화사(인쇄) 경일제책사(제본)

펴낸곳 (주)문학동네 | 펴낸이 김소영
출판등록 1993년 10월 22일 제2003-000045호
주소 10881 경기도 파주시 회동길 210
전자우편 editor@munhak.com
대표전화 031)955-8888 | 팩스 031)955-8855
문학동네카페 http://cafe.naver.com/mhdn
인스타그램 @munhakdongne | 트위터 @munhakdongne
북클럽문학동네 http://bookclubmunhak.com

ISBN 978-89-546-7110-1 03830

www.munhak.com